KB058893

'백사장을 밟으며'

사사키 씨와 보내는 해변에서의 하루——

흐그극…… 귀여워.
뭐야 그 몸짓은…….
마음을 터놓는다는 건
이런 걸까.
이치노세의 앞머리를
화제로 삼은 건
큰 진보였다고 생각한다.

"이치노세, 평소부터
그렇게 얼굴을 드러내는 편이
좋을 것 같은데……."

"──그, 그런가요……?"

"으, 응…… 그래. 응"

"그런, 가요……."

커버 그림, 본문 일러스트 | **사바미조레**

c o n t e n t s

1장 ♥ <┄┄┄┄┄┄┄> ♥ 쇼크

어느 여름방학 낮. 평소라면 유유자적하게 아무 고민도 없이 방종한 생활을 하고 있어야 하는데, 내 심장은 쿵쾅쿵쾅 격렬하게 뛰고 있었다. 내 방의 침대라는 퍼스널 스페이스에 있는데도 이렇게나 몰린 듯한 기분이 드는 건 처음이었다.

여름방학에 들어간 타이밍에 시작한 헌책방 아르바이트. 거기서 같은 반 여자가 나에게 엎드려 빌었다. 그런 일이 있을 수 있나……? 설마 조금 강한 설교─── 지도(?)로 그런 일이 벌어질 줄은 몰랐다. 뭔가 미안해서 참을 수가 없다. 재패니즈 할복한 기분. 지금이라면 방학 숙제를 3일쯤은 연속으로 밤새워서 할 수 있을 것 같다.

[───사죠찌! 오후에 아이찌랑 아이 보러 가자.]

그런 기분인데 내 스마트폰에 날아든 나츠카와와 아시다의 같이 놀자는 메시지. 전개가 너무 빨라서 마음이 따라잡지 못하는데……. 이건 어떻게 생각해도 신이 '흐음, 이 녀석 좋은 일을 하고 있잖아. 그럼 상을 주지'라고 하면서 발생하는 행운이라고……. 이상하다고, 신…… 지금은 불운을 겪어야 할 상황 아냐……?

"………뭘 입을까."

이런 고민을 하면서 들뜬 난 대체 뭘까? 원숭이인가? 우끽.

지금까지 실컷 나츠카와를 쫓아왔지만, 이러니저러니 해도 일 안 하는 날에 같이 논 사람은 남자 놈들 정도란 말이지. 그놈들이랑 놀러 가는데 입고 갈 옷 같은 건 신경 쓴 적도 없었다고. 역시 그 녀석들이랑 나츠카와는 경우가 달라. 헐렁헐렁한 트레이닝복이 그립다. 학생에게 교복이 주어지는 시스템에 이렇게까지 감사한 마음을 느낀 적이 없어. 다음에 세탁할까. 욕실에서.

그게 아니지. 감사하고 있을 상황이냐. 옷을 찾아라. 멋진 나를 발굴해라.

"……웃차……."

서랍을 열었다. 이런 때에는 유행에 민감했던 시절의 내가 도움이 된다. 멋 부리기에 엄청 신경 쓰다 보니 내가 봐도 의외일 정도로 유행하는 바지 같은 게 갖춰져 있단 말이지. 옷을 소화할 수 있느냐는 둘째치더라도, 이래 봬도 유행의 최첨단을 달렸다고 생각한다. 응, 옷을 소화할 수 있느냐는 둘째치더라도.

"하핫………… 모르겠네."

어…… 나 이런 걸 갖고 있었나…….

◆

고민에 고민을 거듭해 어떻게든 조합을 생각했다.

　이야, 오랜만에 진지하게 생각했어. 이것이야말로 유행의 최첨단. 전신 요즘 스타일. 오버핏 티셔츠에 와이드 팬츠 같은 건 보통 센스를 가진 녀석은 소화하지 못할 것이다. 틀림없이 약간의 틈도 없다. 바깥을 걸으면 멋진 누나가 '저 사람 멋지다~', 얼굴은 어찌 됐든 간에'라며 틀림없이 도치법으로 칭찬할 것이다. 약간의 틈, 있잖아…….

　그렇다, 이런 때에는 자신을 과신하는 건 좋지 않다. 쓸데없이 자신감이 넘치던 그때의 나와는 다르단 말이다. 누구라도 좋다. 가족이라도 좋으니 참고할 정도로 의견을 물어봐야 한다. 어차피 거실에서 누나가 고기만두를 뜯어 먹으면서 소파 근처에서 뒹굴고 있을 것이다. 칭찬을 알기 쉽게는 안 하겠지만, '흠~, 나가는구나'라는 말을 들으면 최고평가. 외출하는 모습으로 보이기만 해도 감지덕지해야 할 것이다.

　거실에 내려가 보니 예상대로 누나가 나른해 보이는 얼굴로 소파에서 뒹굴고 있었다. 학원에 다니는 신세인데도 도무지 수험생으로 보이지 않는 건 나쁜가……? 이 누나, 학생회로 바쁘지 않았으면 지금쯤 통통한 스타일이지 않았을까? 업무 피로로 몸매를 유지하다니, 샐러리맨이잖아…….

"누나."

"응……?"

"……."

"……."

자연스러운 모습을 가장하여 내 전력을 다한 모습을 보여줬다. 어떠냐, 요즘 스타일이지? 스튜디오에서 거만한 얼굴로 일기예보 캐스터를 호출해도 불만이 안 나오는 모습일 것이다.

그렇다, 현세의 먼슬리 엔터테인먼트 프레젠터*란 나를 말하는 것이다. 자, 말해보렴, 하나~ 둘——

"——다리 짧아."

이제 그만, 철수 철수.

이것이 바로 찬물. 역시 까불면 제대로 되는 일이 없다니깐.

우선 누나에게 감상을 물어본 것이 잘못이었다. 잘 생각해보니 누나가 내 코디를 칭찬한 적은 인생을 살면서 한 번도 없었다. 애초에 나에 대한 흥미가 느껴지지 않는다. 오랫동안 매도당할 기회가 없어서 잊고 있었다.

중학교 시절, 누나의 태도가 납득되지 않아 불만을 말했을 때의 씁쓸한 기억을 떠올렸다.

'그럼 뭐가 나한테 어울리는 거냐고!'

---

*2018년 6월부터 시작된 TV 프로그램. 배우, 아이돌 등 장르 불문하고 엔터테인먼트 부문에서 활약하고 있는 사람들 중의 한 명을 선정해 방송을 진행한다

'쇠사슬.'

프로레슬러인가?

농담인 줄 알았는데 비교적 진심이라 반응하기 곤란했던 기억이 있다. 당시의 누나는 프로레슬링에 빠져 있었다. 몇 번을 프로레슬링 기술의 실험대가 되었던가……. 어머니…… 난 제대로 허리 펴고 살고 있다고. 누나한테 카멜 클러치를 너무 많이 당해서 새우등이 나왔어.

"하아……."

마음을 다잡고 방으로 돌아가 옷을 다시 정한다. 잘 생각해보면 나한테 와이드 팬츠 같은 게 어울릴 리가 없었어. 애초에 이런 건 야마자키나 농구부의 키가 더 큰 녀석이 입는 옷이니까. 거의 평균 신장인 내가 입어도 볼품없을 뿐이다. 다음에 구제샵에라도 가서 팔까……. 진짜 왜 산 거냐…….

"……읏차……."

서랍을 뒤지다가 구석에 눈에 익은 것을 발견했다. 이건 분명 중학교 시절에 아르바이트로 두 번째 월급을 받아 금전 감각이 맞이 가기 시작했을 때 산, 쓸데없이 비싼 앵클 팬츠. 이것도 약간 숏다리로 보일 수 있는데…… 포멀과 캐주얼의 중간 같은 느낌이니까 무난하다면 무난하려나. 방어적인 느낌이 어쩐지 안정적이다. 그냥 이런 걸로 괜찮으려나. 셔츠도 맞추기 편하고. 아르바이트하러 갈 때 입고 가는 것도——

'——그만두게 하지 마세요……!'

"윽……?!"

우, 우와아아아아아아아아아아……!

같은 반이자 아르바이트 후배인 이치노세. 보호본능을 불러일으키는 작은 몸으로 엎드려 전력으로 비는 모습이 떠올랐다. '아르바이트'라는 단어만으로도 플래시백 했다. 심장이 아프다, 가슴이 꽈악…… 하고 조여서 아팠다. 나는 왜 이렇게 괴로워하고 있는 걸까…….

그렇다, 나츠카와네 집에 간다고 들뜰 상황이 아니다. 내일 이치노세랑 어떤 얼굴로 봐야 할지 생각해야 한단 말이지…….

……어? 애초에 난 왜 지금부터 나츠카와네 집에 가는 거였지……?

◆

타는 듯이 더운 하늘 아래, 가능한 한 그늘 속을 걸어 나츠카와네 집으로 향했다. 죄의식이 쨍쨍 내리쬐는 햇볕으로 가게 하려고 했지만, 지금부터 나츠카와의 동생인 아이리를 만난다고 생각하니 땀내를 풍길 수는 없었다.

"…………."

아니, 그…… 뭐지. 죄악감이 든 나머지 벌을 받을 생각이 가득했는데, 무죄 판결로 석방된 데다가 큰돈을 받은 듯한 느낌? 신이시여, 이래도 되는 거야……?

거북한 배덕감이 식은땀이 되어 등을 타고 흘렀다. 알수 없는 미안함이 내 멘탈을 박박 깎아 냈다. 분명히 일을 저질렀는데, 아무한테도 혼나지 않는 건 꽤 괴롭구나……. 나츠카와와 아시다, 덤으로 아이리에게도 각자 따귀를 때려달라고 부탁하고 싶을 정도…… 아니, 잠깐 진정해라, 냉정하게 생각해라. 그건 벌이 아니라 포상─── 아니, 아니지, 그게 아니라. 같은 반 여자한테 따귀를 때려달라며 부탁하다니, 무슨 변태냐. 쓸데없이 죄를 쌓을 뿐이 잖아.

야마자키와 하잘것없는 대화를 신나게 할 수 있으니 일반적인 남자 정도로 변태라는 자각은 있다. 난 다소의 변태 취급으로 상처받을 정도로 무르지 않다. 무르진 않단 말이지……. 누나의 프로레슬링 기술의 실험대가 된 덕에 몸도 튼튼하고, 혹시 난 심신 모두 최강인 게 아닐까……?

이럴 줄 알았으면 일부러라도 와이드 팬츠를 입었어야 했다. '난 미남이다'라는 어필을 해서 외모는 멋없고 촌스러운데 폼을 재는 건방진 녀석이 되어 싸늘한 시선을 받는다는 고차원적인 벌을 받는 거다.

이성을 잃고 가는 도중에 그다지 들르지 않는 슈퍼에 다

다랐다.

"……과자, 많이 사자."

나츠카와는 착하고 아시다는 나를 괴롭혀도 상처받을만한 말은 안 한다. 이렇게 되면 내가 스스로 가시밭길에 뛰어드는 수밖에 없다. 그래, 탕진. 탕진하자. 과자처럼 나중에 아무것도 안 남는 걸 잔뜩 사고 나중에 '사지 말 걸 그랬어……'라는 마음이 드는 짓을 하자. 100엔샵에서 파는 스마트폰 스탠드를 잡화점에서 350엔 정도에 사서 미묘하게 손해 본 기분을 느끼는 거다.

"어디 보자……."

슈퍼에 들러 작은 아이들 사이에 섞여 과자를 물색했다.

어린이가 좋아하는 과자가 뭐였지……. 캐릭터 모양을 한 초콜릿은 필수겠지. 아, 그래도 충치가 생기기 쉬운 과자는 나츠카와가 화내려나……? 그럼 젤리 같은 건? 젤리를 너무 많이 먹어서 충치가 생겼다는 얘기는 별로 못 들었지. 게다가 콜라겐이 들어있어서 피부가 좋아지는 효과가 있다고 좋아할 것 같다. 분명 아이리의 말랑말랑한 볼을 유지하기 위해서라면 허락해줄 것이다. 그렇지, 히모Q*. 히모Q를 사자. 초등학생 시절에는 소풍 갈 때마다 꼭 샀으니 분명 좋아할 것이다.

"……?"

---

*메이지 식품에서 판매하는 젤리. 실처럼 기다란 젤리다

……어, 어라? 히모Q, 안 파는 거냐? 히모Q는 어느 슈퍼든 막과자 가게든 망라하고 있는 아이들의 편이잖아? 안 파는 게 어딨어? 그보다 젤리 종류가 엄청 신 젤리밖에 없는 건 무슨 제한이냐! 아이리에게 신 것을 먹여 얼굴을 찌푸리게 해봐라? 나츠카와가 귀를 잡아당길 거라고…….

꿀꺽.

"저기, 죄송합니다. 젤리는 이것밖에 없나요?"

"네…… 뭐. 거기에 없으면 그렇죠."

점원 누나에게 물어봤더니 '이 녀석은 고등학생이나 돼서 무슨 소릴 하는 거냐'라고 하는 듯한 표정을 지었다. 지당하신 말씀입니다. 그건가, 혹시 품귀인가. 신형 게임기처럼 추첨이 아니면 살 수 없을 정도로 거물이 된 건가. 굉장하네, 히모Q.

어, 그보다 진짜 없어……? 사실 어느 선반에 걸려있거나 하진 않는 거야? 그러고 보니 요즘 못 본 것 같네…… 조사 좀 해볼까. 보자, 히 · 모 · Q…… [검색]———.

"어."

어어? 히모Q, 생산 종료한 거야? 말도 안 돼, 완전 쇼크인데. 나 이제 두 번 다시 히모Q를 못 먹는 거야……?

저기요, 메이지 씨?

2장 ♥ ‹⋯⋯⋯› ♥ 아시다 케이는 치유 받는다

매미가 울고 있다. 부활동으로 학교에 갈 때는 항상 진절머리가 났지만, 오늘은 그런 잡음이 록 밴드의 기타 연주처럼 기분 좋게 느껴졌다. 아이찌의 집에 가는 것만으로 이렇게까지 기분이 달라질 줄은 몰랐다. 몸이 들썩인다. 히죽거림이 멈추지 않는다. 부활동으로 지친 몸이 비명을 지르고 있지만, 전혀 신경 쓰이지 않았다. 왜냐하면 지금부터 그런 피로도 전부 날아갈 것이기 때문이다. 기다려! 아이찌!

바로 앞에서 통통 뛰기 시작하여 목적지에 도착. 의기양양하게 인터폰을 누르자 아이찌의 집 안에서 파닥파닥하는 슬리퍼를 신고 종종걸음을 치는 듯한 소리가 들렸다. 그와 동시에 꺅~꺅~하고 작은 여자아이가 기뻐하는 듯한 목소리가 들려왔다. 틀림없다, 이 목소리는── 아이다!

『아, 네!』

"아~이~찌~! 나~왔~어~!"

『어?! 자, 잠깐만! 그렇게 큰 소리 안 내도 되는데?!』

인터폰 너머로 아이찌가 당황했다. 목소리만으로도 그 광경이 상상돼서 씨익 웃고 말았다. 큰 소리로 부른 건 좀 부끄러웠으려나……. 초등학생이네. 최근 낸 목소리 중에 제일 천진난만한 목소리를 냈다고.

다시 파닥파닥하고 뛰는 소리가 들렸다. 멋진 문 너머를 보고 있으니, 현관문이 불안한 느낌으로 찰칵하고 열렸다. 아이찌일까? 아니면 아이일까? 어느 쪽일까? 어느 쪽이든 좋아!

그런 생각을 하고 있으니 열린 문틈으로 작은 그림자가 얼굴을 쏙 내밀었다.

"키 큰 언니다~!"

"아이다~!"

아이였다. 달릴 때마다 튀는 트윈테일이 귀엽다. 사죠찌의 말을 들을 필요도 없이 그 모습은 분명 천사였다. 작다, 귀엽다, 안고 싶다……! 아니, 안을 거야……!!

"아이이이이이이!!"

"꺄~!"

평소의 일상생활에는 없는 특별한 힐링. 최고다, 우리 집에도 있으면 좋겠다. 이대로 집에 가져가고 싶다. 안 되나? 반드시 행복하게 만들 자신은 있는데. 나도 행복해지는 미래밖에 보이지 않았다. 결정됐네.

"안 되는 게 당연하잖아!"

"아, 아이찌! 요전에 보고 또 보네!"

"아이리는 안 줄 거야!"

"아, 아니야, 농담이라니깐, 농담."

당황한 사이에 아이리를 홱 빼앗겼다. 만난 지 2초 만에 친한 친구의 눈총을 받다니. 아이찌는 빼앗길까 보냐는 눈빛을 하고 작은 몸을 끌어안았다. 역시 동생 LOVE 아이찌…… 눈이 진지했어. 나를 째려보는 날이 올 줄이야. 성실한 우등생인데 이럴 때 점잔 빼지 않는 점이 너무 좋아. 사쬬찌가 없었다면 이런 면은 못 봤을지도 모른다.

오늘의 아이찌는 팔을 노출한 하얀 블라우스에 아래에는 시원해 보이는 검은 바지를 입은 스타일.

오호, 어른스러워. 멋지지만 움직이기 편해 보이는 차림이다. 아이랑 놀려면 저 정도로 기합을 넣어야만 하는 걸까……? 이성인 사쬬찌를 생각하면 빈틈이 좀 너무 많을지도 모르겠다. 의식하고 있는지 아닌지는 미묘하다.

"아하하…… 아이찌 잘 지냈어? 잘 지내고 있는 것 같네!"

"케이야말로. 부활동 힘들지 않아?"

"힘들어~. 그래서 아이의 기운을 받으러 왔어."

"그, 그건 좀 고마울지도……."

아이찌는 햇볕을 손으로 가리더니 "자, 들어와"라고 말했다. 좀 더웠던 모양이다.

집 안으로 안내를 받아 현관에 들어간 것만으로도 에어컨의 냉기가 전해져 왔다. 오히려 이렇게 시원해도 괜찮은 거야? 라고 물어보고, 아이에게 맞춘 실내 온도라는 것을 알았다. 활발하게 뛰어놀아서 금방 체온이 올라간다고 한다.

지쳐서 졸리게 되면 바로 온도를 조절한다나. 우와, 사랑받고 있구나~, 나한테도 여동생이 있으면 저렇게 돌봐주게 되는 걸까.

아이의 동글동글한 눈높이에 맞춰서 쪼그려 앉아 아이찌의 허리에 달라붙은 작은 머리를 쓰다듬었다.

"나를 잘 기억하고 있었구나."

"에헤헷."

"그, 그러니까…… 케이는 안 잊었으면 해서…… 가끔 같이 찍은 사진을 보여줬는데."

"! 아, 아이찌이~!"

"꺅?! 애, 좀…… 갑자기 안기지 마."

"아~?! 아이리도 아이리도~!"

이 얼마나 기쁜 말을 해주는가. 아이찌가 위기에 빠지면 목숨을 걸어서라도 지키기로 정했다. 차라리 아이찌의 동생이 되고 싶다. 아니, 아이찌의 언니가 되는 것도 괜찮을지도 모른다. 쓸쓸해져서 어리광을 부리러 오는 아이찌………니히히히.

진심으로 숨 막힐 듯이 더운 듯이 행동하는 아이찌가 나를 뿌리쳐서 마음을 가다듬고 거실에 들어섰다. 킁킁…… 음~, 아이찌의 향기다. 왜 우리 집과는 달리 냄새가 이렇게 좋게 느껴질까…… 으헤헤헤헤헤. 아니지, 제대로 인사해야지.

거실에 들어가서 오른편, 크림색 소파 앞의 테이블에는 아이스 코코아가 놓여있었다. 여기서 놀고 있었나? 텔레비전을 보면서 어리광 부리는 아이의 볼을 비비는 아이찌가 눈에 선했다.

"아이찌, 어머니는?"

"아, 오늘은 파트 근무야."

"아하, 그렇구나."

아이찌의 어머니가 파트타임 근무를 하고 있다는 사실에 놀랐다. 그럼 내가 없었으면 이 집에는 아이찌랑 동생 둘뿐이라는 건가? 그런 상황에 사죠찌가 오는 걸 허용한 거야? 아이찌 입장에서는 큰일이 아니었을까……. 마음이 있는 여자한테 초대를 받는 건 남자에게는 엄청난 일 아냐? 그, 뭐냐……… 야한 일을 의식할 정도로.

"……."

"……왜 그래?"

아이찌가 고개를 갸우뚱했다. 아니, 갸우뚱하다니. 귀엽게 고개를 기울일 상황이 아니라고! 무, 무서운 아이야……! 그보다 아이찌, 남자를 집에 들였다는 전과가 이미 있으니까! 처음 들었을 때는 정말 귀가 이상해진 줄 알았다고……. 게다가 이번에는 부모님이 안 계셨을지도 모르잖아? 계시면 계시는 대로 큰일이지만. 여러 가지 의미로 사죠찌가 죽을 테니까.

긴장한 사죠찌가 석상처럼 굳은 모습이 머리에 떠올랐다. 지금의 사죠찌를 보면 그런 식으로 생각하게 되지만, 얼마 전까지의 사죠찌라면 좀 더 거침없이 아이찌에게 다가갔을지도 모른다. 뭔가 이상한 기분이 든다.

아이찌와 사죠찌. 이 두 사람의 관계는 조금 특수하다. 처음 아이찌를 봤을 때는 까탈스러운 줄 알았는데, 어딘가 새침한 아이찌를 순식간에 무너뜨리고 잔뜩 화나게 만드는 사죠찌가 여러 가지 의미로 대단하다고 생각했다. 그렇게 말을 주고받는 모습이 재밌어서 우연히 가까운 자리였던 내가 둘에게 말을 걸기까지 시간은 그리 오래 걸리지 않았다.

적당한 거리에서 붙지도 않고 떨어지지도 않는 이 둘. 아이찌는 귀찮아하는 것 같았지만, 난 이때부터 아이찌에게 있어서 사죠찌는 없어서는 안 되는 존재라고 생각했다. 왜인지는 모르겠지만 아이찌 옆에서 사죠찌가 사라지는 게 좋은 일이라 생각할 수 없었다.

그래서 이전의 아이찌의 도를 넘는 솔직하지 못한 태도는 좋지 않다고 생각했다. 아이찌는 사죠찌를 차갑게 대하는 데 익숙해져서 금방 정색하고, 사죠찌는 확실히 아이찌를 피하기 시작했지. 그때 큰일이라고 생각한 사람은 나뿐만이 아닐 것이다. 모두 두 사람의 느낌을 보고 수군댔었다.

사죠찌는 다른 여자랑 꽁냥거리고 있었고!

원인은 아무래도 사죠찌의 심경의 변화인 듯하다. 아이찌에 대한 마음은 변하지 않았지만, 한 걸음 물러나자고 생각한 것은 틀림없는 것 같다. 원래부터 아이찌는 귀찮아 했으니, 그러는 편이 좋겠다고 생각한 것일 테지만, 역시 내 예상대로 일이 별로 안 좋게 돌아갔다. 여자의 감이라는 건가······.

사죠찌는 자신이 아이찌에게 있어서 어느 정도의 존재인지 모르는 것 같다. 그리고 아이찌는 사죠찌가 자신에게 있어서 어떤 존재인지 모른다. 그 어긋남이 나에게 살짝 불을 지폈다. 심한 말을 해버렸지만, 하아······ 미움받지 않아서 정말 다행이다······.

바보 같은 사죠찌는 아이찌가 조금 쓸쓸해 하는 것을 눈치채지 못한다. 그 틈에 내가 아이찌를 격려해서 더욱 사이좋아지는 것이다. 잘 보라고, 사죠찌. 사죠찌가 멍하니 있는 동안에 아이찌는 내가 가져갈 테니까······!

───아니, 그게 아니잖아!!

아니라고······ 그, 내가 보고 싶은 건 두 사람의 두근두근한 느낌이랄까······! 아이찌는 소중하지만, 사죠찌가 없어지는 건 내게도 뭔가 아니라고 해야 할까~! 그보다 난 무슨 생각 하는 거야?!

"······?"

나란히 고개를 갸웃거리는 용모가 완벽한 자매. 아니, 갸우뚱할 상황이 아니란 말이지……. 하아, 귀여워. 사육당하고 싶어— 어이쿠, 아니지 아니지. 아이찌를 볼 때의 사죠찌 같은 느낌이 됐었어. 사죠찌가 없으면 내가 아이찌에게 매혹당한다고— 어?

"……그러고 보니 사죠찌는? 답장해줬어?"

"아……."

"사죠찌는 누구야~?"

"사죠찌는 있지~…… 어라? 몰라?"

전에 처음 만난 거 아니었나? 아이가 날 기억하고 있었으니 그렇게 빨리 사죠찌를 잊어버릴 것 같진 않은데…….

"아니, 케이가 붙인 별명이 독특한 것일 뿐이잖아……."

"으응~? 그런가……."

'사죠찌'— 어감은 좋은 것 같은데 말이지. 부르기 쉽고. '아이찌'라는 호칭은 쉽게 받아들였으면서…… 아이찌라고 부르는 게 유행이 안 된단 말이지……. 좋잖아, 귀여워서…… 뿌~…….

"아이리, '사죠~'야. 전에 혼자 온 오빠."

"사죠~……? 몰라."

"어……?"

아이의 말에 움직임을 딱 멈추는 아이찌. 쇼크였는지 힘없는 목소리를 나지막이 흘렸다. 분명 전에는 아이가 외우

게 하려고 사죠찌를 집에 불렀었지……. 아니, 잠깐만.

"……사죠찌, 아이한테 '사죠~'라고 불리고 있어?"

"그, 그랬는데…… 기억 못 하나 봐."

"아이고, 잊어버렸구나."

"……치이."

"……?!"

아이찌가 입술을 삐죽 내밀고 삐진 듯한 소리를 냈다.

……들었어? 나, 들었어? 아이찌가 볼을 부풀리고 '치이' 래! 분하다는 듯이 소리 냈는데, 뭐야 그거, 귀여운데! 아이가 사죠찌를 잊어버린 게 그렇게 분했어? 으헤헤헤, 뭐야 이거, 사죠찌한테 질투 나네.

"아……! 아이리, 많이 부딪친 사람! 씨름 놀이를 해준 사람!"

"저기, 그 이야기에 대해 자세한 설명을."

"좀 조용히 있어 봐!"

"아, 응."

상당히 흥미로운 이야기를 들었지만, 설명할 상황이 아닌 듯한 아이찌의 서슬 퍼런 모습에 자세한 이야기는 어둠 속에 파묻혔다. 엄청 궁금한데. 그게 뭐야, 휴일의 아버지야? 사죠찌한테 뭘 시키는 거야, 아이찌……. 그 외에도 비슷한 일도 막 시키거나 하고. 아니, 그건 이미 커플 같은 것을 넘어선 곳에 있는 무언가잖아. 중학교 때부터 알고

지내서 그렇게 되는 거야?

"……? 반장?"

"이이호시가 아니라!"

"……왠지 그 이야기는 알고 있을지도."

아이 일로 왠지 이요링이 사죠찌한테 왠지 화낸 것 같은 느낌이 든다. 대신 몸싸움을 받아줬다던가 뭔가로…… 아, 그런 거야? 그럼 사죠찌와의 추억은 이요링으로 바뀌었을지도 모르겠네.

아이찌가 사죠에 대해 떠올리게 하려고 사죠찌의 특징을 수없이 이야기했다.

"머리가 이상한 사람!"

"그건 너무해, 아이찌……."

사죠찌를 데려와서 뭘 한 거야.

◇

"………아……!"

아이찌가 머리를 조물조물해서 "아으~"라고 소리를 내는 아이를 바라보고 있으니, 식탁에서 큰 소리가 울렸다. 아이찌의 스마트폰에 뭔가 알림이 온 것 같다. 그러고 보니, 나도 한동안 스마트폰을 안 보고 있었다.

하품이 전염되는 것처럼 나도 스마트폰을 보니, 알림 화면에 한 건의 메시지가 와있었다.

　[고생하네. 뭔가 엄청난 이야기가 됐군.]

　사죠찌에게서 온 메시지. 아이찌에게 알려주려고 고개를 드니, 아이찌는 이미 스마트폰의 화면을 보고 있었다. 빨라! 혹시 사죠찌의 연락을 기다리고 있었나……?

　"'고생하네'래."

　"사죠찌도 사축이 된 건가."

　"벌써 직업병이?!"

　부활동도 안 하는 동급생에게 들을 일이 거의 없는 말. 아이찌가 '어…… 음……'이라며 머리를 굴리는 사이에 솔직한 감상을 써서 답했다.

　[사죠찌! 고등학생끼리 '고생하네'라고 말하는 건 이상하지 않아?! 직업병이야?]

　[……제대로 아르바이트하고 있구나.]

　와우, 신랄해. 그런 생각을 하며 아이찌를 보니 약간 불쾌한 표정을 짓고 있었다. 어쩌면 마음에도 없는 말을 했을지도 모르겠다. 어머나, 살짝 풀이 죽었어. 그런 점은 나랑 만났을 때 그대로구나……. 조건반사로 말해버리는 걸까? 사죠찌도 이런 말을 듣고 기분이 상하는 게──

　[감사합니다.]

　이 녀석, 굉장하네.

　이야, 대단해 사죠찌. 좀 기분 나쁘지만 역시 대단해. 아이찌에 대한 사랑이 전해져 와. 아이찌, 지금까지 본 적 없을 정도로 입을 딱 벌리고 있는데, 귀여워. 사진 찍어도 될까……? 역시 몰래 촬영하는 건 어렵나. 그럼 정면에서! 으헤헤, 어라, 눈치 못 챘어……?

"이거, 그, 왜 고맙다고 하는 거야?"

아니, 뭐, 응.

냉정하게 생각해보면 사죠찌가 아이찌를 대할 때 심상치 않은 건 어제오늘 일이 아니다. 아까 전까지 화난 아이찌한테 차가운 답장을 받아도 좋아하는 것 같았고. 대체 뭐야, 그 강철의 정신. 나였으면 '날 그렇게 보고 있었구나'라고 생각할 거라고.

어찌할 줄 모르는 아이찌를 보고 웃으면서 [사죠찌. 아이찌가 어떻게 대답할지 난처해하고 있어]라고 답장하니, 아이찌가 멋쩍은 듯이 "고마워"라고 말해줬다. 사죠찌? 아이찌가 귀여운데 어떡할래? 이제 내가 가져도 되는 거지? 괜찮지?

"아, 그렇지…… 아이리."

"응~?"

아이를 사이에 두고 소파에 앉아있는데, 아이찌가 뭔가 떠올린 듯이 스마트폰을 작은 손에 쥐여줬다.

"'사죠~'야. 무슨 말 좀 해줄래?"

"괜찮아~?!"

말도 안 돼. 진짜? 아이찌 진짜로? 그게 뭐야, 사죠찌 너무 부러운데! 이럴 줄 알았으면 나도 조금 늦게 오는 편이 좋았으려나……. 게다가 아이찌는 내가 재촉해도 똑같이 해줬을 텐데……! 좋아, 집에 가면 부탁해보자!

[사지와야]

"으응……!"

너무 귀여워서 소리칠 것만 같은 것을 참는 내가 있었다. 웃음과 몸부림치며 외치는 소리가 동시에 나오면 내 목이 죽는다. 아이의 양 볼을 콕콕 찔러주고 싶다. 얼핏 보니 아이찌가 이미 하고 있었다. 어라, 오늘은 나한테 양보해주는 거 아냐? 뭣하면 아이찌한테 할까?

[사죠~ 아직이야?]

아이찌도 도와줘서 보낸 말. 사죠찌? 설마 이런 귀여운 메시지의 정체를 알아차리지 못할 리가 없겠지?

[이것저것 가져갈게.]

큰일일지도 모르겠다.

"어?! 뭐, 뭘……?!"

"에헤헤."

말로는 표현할 수 없는 감정을 느낀다. 조금 위험한 느낌은 들지만…… 좋아, 그 기세라고, 사죠찌, 아이가 좋아하고 있어. 한편 언니는 엄청 동요하고 있지만. 막연하게 복수형을 쓰는 건 죄라고. 아니 뭐, 마음은 이해하지만.

[아이, 사죠찌를 살짝 잊을 뻔했지ㅋㅋ.]

[아이리랑 부딪쳤던 사람이라고 말했더니 이이호시의 이름이 나왔는데…….]

[말도 안 돼.]

풀이 팍 죽은 사죠찌의 모습이 눈에 떠올랐다. 아이찌도 같은 생각을 했는지 나와 얼굴을 마주 보고 웃었다. 활짝 웃음을 짓는 아이찌의 눈부신 모습은 자연환경에 좋은 의미로 영향을 줄 것 같았다. 나팔꽃 같은 게 엄청 잘 자랄 것 같다. 있잖아, 사죠찌, 아이찌 웃고 있다? 사죠찌랑 얘기해서 기쁜 듯이 굴고 있다? 정말로 지금 이대로 괜찮아? 사죠찌의 마음이 변했듯이 아이찌의 마음도 변하는데?

[뭐라고 말하면서 기억해냈어?]

[머리가 이상했다면서…….]

[감사합니다.]

"에, 에엑……?!"

아마 온 세상을 뒤져도 보기 드문 '고맙다'라는 말의 사용법일 것이다. 아이찌 엄청 곤란해하고 있잖아. 가끔은 화를 내라고. 아이찌도 사죠찌를 놀리고 싶었을 건데. 좀 더 놀아주는 것도 다정함이라고 생각해.

"음……."

"아이찌, 사죠찌가 바보일 뿐이니까."

"그, 그래?"

불안한 듯이 나에게 되묻는 아이찌. 네 이놈 사죠찌. 아이찌의 순정을 가지고 놀다니……! 아이찌가 용서해도 내가 용서하지 않는다. 이렇게 된 바에는 여기에 불러서 '휴일의 아빠'형에 처해주도록 하지. 아이의 전력을 받는 게 좋을 것이다……!

어라, 잠깐만. 그거 포상 아냐? 이젠 아이찌가 무슨 짓을 해도 사죠찌가 기뻐할 것 같은 느낌이 든다. 왜 그렇게 쓸데없이 무적인 거야.

(변태에게) 선택받은 것은 사죠찌였습니다.

"사죠~ 아직이야~?"

"음, 지금 어디에 있을까……."

불안해하는 아이찌를 보고 사죠찌에게 답답함을 느꼈다. 사실은 늦게 오는 걸 얼버무리고 있을 뿐인 거 아냐? 미인 자매가 기다리고 있다고! 그럴 때는 달려서라도 와주는 게 아빠의 역할 아냐?! 농담이지만! 조금만 더 아이찌 자매를 독점하고 싶다. 빨리 와도 빨리 오는 대로 만족하지 못할지도.

그건 그렇고 아이찌가 신부라…… 좋구나. 내가 되어 보고 싶긴 하지만, 아이찌가 곁에서 웃어준다면 남편으로서 그걸 위해 일하는 것도 나쁘지 않다. 일을 마치고 돌아왔을 때 오늘처럼 슬리퍼를 파닥거리면서 맞이해주는 건 최고다. 아이랑 같이 달려와 줬으면 한다. 하아…… 생각만 해도 행복하다.

아이는 천사. 즉, 아이찌는 여신. 흠~, 그렇군? 사죠찌의 말이 조금은 이해가 갈지도? 응, 왠지 몸이 아이찌를 요구하고 있어. 같은 여자니까 들러붙어도 괜찮겠지!

"어……?"

"응?"

뒤에서 아이찌를 안으려고 했을 때, 아이찌가 왠지 서운한 듯한 목소리를 냈다. 목소리뿐만이 아니라 스마트폰을 보는 얼굴도 왠지 불안한 표정을 짓고 있었다. 도저히 달라붙어 장난쳐도 될 분위기가 아니라 직전에 멈추는 수밖에 없었다.

"어? 어? 뭐야 뭐야 왜 그래?"

스마트폰을 보고 그런 표정을 지었으니 사죠찌가 원인일 것이다. 안 좋은 예감을 느끼면서 아이찌를 따라 스마트폰을 켰다. 전원 버튼을 누르자 새로운 알림이 눈에 들어왔다.

아르바이트가 끝났을 터인 사죠찌. 오후부터는 한가할 텐데, 마지막 메시지 이후로 시간을 두고 사죠찌답지 않은 말을 툭 남겨뒀다.

[내가 가는 편이 좋아?]

"뭐?"

나도 모르게 낮은 목소리가 튀어나왔다.

무슨 생각인지는 모르겠지만 이런 건 좋지 않다. 개인 적으로는 있을 수 없는 레벨이다. 모처럼 아이찌가 솔직해져서 불러들이려 하고 있는데, 마치 귀찮다는 말로 받아들일 수도 있는 확인을 하는 건 말도 안 되는 일이다. 마이너스 포인트라고, 사죠찌……! 진심으로 좀 아니라는 느낌이라고!

"……와타루, 안 오는 걸까."

"아냐, 올 거야. 반드시 올 거야."

스위치 온. 아이찌의 아쉬워하는 얼굴을 보고 불이 붙었다. 사죠찌는 일단 온다는 선택지 이외의 선택지는 없다고 생각해줬으면 한다. 이래저래 핑계를 대고 거절한다면 다음에 만났을 때 진심으로 때려줄 거다.

아이찌가 아쉬운 듯이 어깨를 늘어뜨리는 것을 보고 바로 손가락을 움직였다. 놓치지 않을 거야, 사죠찌……! 반드시 오게 만들 테니까!

[어? 와, 무슨 소리 하는 거야.]

[아, 응.]

맞장구치는 것 같은 대답. 그런 걸 원한 게 아니란 말이지~. 그런 식의 대답이 아니라 오느냐 마느냐로 대답해줘야지. 아이찌가 계속 불안해하잖아. 적당히 좀 하라고.

그런데 뭐지. 모르는 건가……? 아이찌의 이 '와줬으면 한다' 오라. 전에 학교에서 만났을 때의 아이찌, 엄청났잖아.

그걸 보고도 그런 느낌이야? 아니, 말도 안 돼. 사죠찌는 이렇게까지 자각이 없는 건가…… 쌀쌀한 대우를 받던 시기를 알고 있으니까 이해가 안 되는 것도 아니지만…… 그렇게까지? 2년 반이나 같이 있었으면서 아직도 그런 느낌이야……?

"저기, 케이……."

여기를 보지 않는 아이찌. 아무것도 없는 바닥을 바라보면서 나지막이 말을 걸어왔다. 그 목소리에는 확실히 활기가 사라진 상태이었다. 잠시 입을 다물더니 어딘가 무서워하는 것처럼 물어봤다.

"………귀찮았으려나."

"사죠찌……!!"

핫핫하 사죠찌, 핫핫하.

이 자식…… 농담 안 하고 머리에 스파이크 날린다, 이놈아~!! 아이찌가 섭섭해서 좀 부럽다고, 인마!!

스마트폰 화면 위로 손가락을 재빠르게 움직였다.

[어? 올 거지?]

[아, 갈 거야. 지금부터 갑니다~.]

[응 오케이.]

그래, 처음부터 그렇게 말했으면 됐잖아. 뭘 주저하는 거야, 이 남자는. 대의명분을 얻어서 좋아하는 여자의 집에 갈 수 있는 거니까 아무것도 생각하지 말고 가면 된다고!

뭐? 아직 집이라고? 무슨 소리 하는 거야?

　40초 안에 준비해!!

◇

　아이찌가 기다리고 있다고! 빨리 와! 그렇게 생각했지만, 바깥은 불볕더위. 사죠찌는 아까 전까지 아르바이트했던 것 같으니, 이렇게 더운 와중에 진심으로 재촉할 생각은 없었다.

　사죠찌가 '간다'라고 확실히 말해서인지 아이찌에게서 불안한 느낌은 사라졌다. 아이찌는 사실 사죠찌를 어떻게 생각하고 있을까? 자각 없이 아까 전과 같은 표정을 지은 것이라면 앞으로가 너무 기대된다.

　식탁에 기대어 이야기하고 있으니 아이가 텔레비전을 보고 꺅꺅거리며 뛰기 시작했다.

　"응? 이 시간에 무슨 방송 했었나?"

　"아이리, 요즘 낮 드라마를 보고 있어."

　"에엑?! 서스펜스 같은 거?!"

　"아니, 여관의 젊은 여주인이 나오는 거."

　"아~…… 그런 것도 있었지."

　부활동이 오전에 끝났을 때 가끔 보는 것 같다. 근데 그건 시어머니가 젊은 며느리를 괴롭히는 그런 이야기 아니었나? 아이리의 교육에는 별로 안 좋지 않을까……. 솔직히 말해서 꽤 질척질척하지?

"아이리는 잘 모르니까 괜찮아. '여주인'이라는 일에 관심이 있는지 자주 흉내 내."

"하핫…… 좋은 점만 흡수하는 패턴이네. 훌륭해."

"그렇지?"

눈을 반짝이며 자신만만해하는 아이찌. 동생이 칭찬을 받으면 기쁜 모양이다. 새삼스러운 일도 아니지만. 아이가 관련되면 평소에는 볼 수 없는 모습을 볼 수 있다. 이 순간이 가장 기쁘다. 아이찌를 동경하는 여자가 많은 가운데, 내가 아이찌를 더 잘 안다고 생각하면 약간 우월감이 느껴진다.

"예쁘게 인사할 수 있지~."

"있지~!"

"할래~!"라고 말한 아이는 소파 한가운데에서 나를 향해 몸을 돌려 무릎 꿇고 앉았다.

아아…… 뭘 할지 알겠다. 난 평정을 유지할 수 있을까.

"잘 오셨습니다!"

"아이~! 무릎에 와!"

"꺄~!"

"앗……?! 잠깐만 케이!"

소파에 손을 짚고 머리를 꾸벅 숙이면 몸부림치는 수밖

에 없다. 갈 곳 없는 감정은 눈앞에 있는 아이에게 터뜨릴 수밖에 없었다. 터뜨린다기보다는 무릎에 앉히고 코를 박고 숨을 쉬었다. 아이는 새된 소리를 지르면서도 재미있는 건지 얌전했다. 하아…… 아이 부드러워……!

"아이, 잘 오셨습니다!"

"꺄하하하! 간지러워어~."

"참……."

부활동으로 지친 몸에 순식간에 힘이 솟아나는 걸 알 수 있었다. 아이의 활짝 웃는 얼굴은 무료. 귀여워…… 이 천사는 대체 뭘까, 나도 갖고 싶은데. 엄마가 어떻게 안 해주려나.

"후후. 아이리. 나중에 오는 그놈한테도 할까."

"그놈~?"

"아, 그러니까…… '사죠~'한테도."

"푸흡."

"정말…… 케이!"

아이찌가 '사죠~'라고 부르는 소리에 나도 모르게 웃음이 터졌다. 아이가 부를만한 억양이라 그런지 쓸데없이 더 웃겼다. 그보다 귀엽다. 정말로 나랑 같은 성별인지 의문스러워지기 시작했다. 아마 '여자'의 저편에 좀 더 신비한 뭔가가 있을 것이다.

"사죠찌, 깜짝 놀라겠지."

"그러게. 반응이 없으면……."

"아, 아이찌……."

기대된다는 뜻으로 말했는데 아이찌는 동생의 기분이 최우선인 것 같다. 동생 사랑이 깊다는 걸 느낀다. 아마 아이찌는 어떤 사람이 와도 동생이 관련되면 무서워질 것이다. 상상은 잘 안 되지만, 아이가 반항기에 들어가면 사나워지겠지……. 힘내, 사죠찌. 나도 힘껏 도울 거니까.

"왓……?!"

"햐왓?!"

지나친 동생 사랑을 과하게 자극하지 않도록 하고 있으니, 책상 위에 둔 스마트폰이 갑자기 덜덜 떨렸다. 스마트폰 커버 껴뒀는데…… 플라스틱이라 한층 더 시끄러웠다. 고무 재질로 바꿀까…….

아이의 귀여운 목소리를 들을 수 있었지만, 아이찌는 "깜짝 놀랐잖아……"라며 살짝 화내면서 나에게 스마트폰을 건넸다. 화난 얼굴마저 귀여운 건 반칙이라 생각한다. 나도 모르게 기뻐지는 건 분명 사죠찌에게서 악영향을 받았기 때문이라고 생각했다.

[저기…… 곧 도착합니다, 예.]

"아~! 사죠~!"

내 화면을 들여다보고 뿅뿅 뛰는 아이. 그렇지, 사죠찌의 계정명은 '사죠~'지. 히라가나니까 아이가 읽을만한가.

그보다 사죠찌 저자세네⋯⋯. 상사랑 전화하는 아빠 같았다고. 긴장한 걸까? 잘 생각해봤더니 여자의 집—— 그 것도 아이찌네 집에 오는 거지. 보통 긴장하는 법이지. 그 긴장, 조금은 나한테 해줘도 괜찮은데? 너무 평상 운행이라 가끔 발끈하니까. 아니 뭐, 알고 있었지만.

"이거 봐, 사죠찌 왔잖아."

"으, 응⋯⋯."

주인이 집에 온 것을 알아차린 강아지처럼 현관 쪽으로 파닥파닥 달려가는 아이. 좀 위험하다. 그런 짓을 하면 아이찌한테 혼날 거야~, 라고 생각했지만, 아이찌는 딱히 쫓아가려 하지 않았다. 아무 말도 하지 않고 닫은 입을 우물거리며 그 자리에 우두커니 서 있었다. 뭐야 이거, 혹시 긴장한 거야⋯⋯?

"아, 아이찌⋯⋯?"

"핫⋯⋯?! 어, 그러니까⋯⋯ 아이리?! 어디 갔어?!"

"현관으로 갔어."

"참⋯⋯!"

아이찌가 "눈을 뗀 틈에⋯⋯"라고 중얼거리면서 쫓아갔다. 아니 아니, 눈앞에서 달려갔잖아!

아무 생각 없이 이렇게까지 오랜 시간을 아이찌와 보낼 기회는 많지 않다. 이렇게 가만히 보면서 처음으로 아이찌가 사죠찌를 상당히 의식하고 있다고 생각했다. 뭘까⋯⋯

보통 여자애들과 이야기하는 흐름으로 아이찌의 마음 같은 걸 물어볼 수 있겠지만, 아이찌는 섣불리 건들지 않는 편이 좋을 것 같은 느낌이 들었다. 그런 타입이 아니다.

어떻게 될지 모르겠지만 좋은 방향으로 나아갔으면 좋겠다고 생각했다. 사죠찌, 아이찌를 좋아하는데 미묘하게 거리를 두고 있으니까. 보고 있는 이쪽이 애가 탄다. 뭐, 난 아이찌 편이고 사죠찌를 응원하고 있는가 하면, 노터치지만. ……그래도 내가 제일 좋아하는 아이찌는 사죠찌가 아니면 끌어낼 수 없으니까.

3장 ♥ ⟨⋯⋯⋯⋯⟩ ♥ 패션 체크

　우뚝 솟은 나츠카와가 거주하는 성. 10m도 안 되는 단독주택일 텐데, 내 눈에는 구름에도 닿을 정도로 하늘로 뻗은 것처럼 보였다. 어쩌면 불볕더위 속을 걸어서 머리가 맛이 갔는지도 모른다. 문패 바로 앞에서 호흡을 가다듬고 한 걸음 내딛으려고 했을 때 당황한 듯한 목소리가 들려왔다.

　『바, 바닥 안 딱딱해……? 안 아파? 안 하는 편이 좋지 않을까──!』

　『싫어～……!』

　『아하하, 귀엽네.』

　나츠카와의 목소리와 투정 부리는 아이리의 목소리. 그리고 태평함이 느껴지는 아시다의 목소리였다. 일반적인 톤으로 들려온다는 건, 현관에 있는 건가……? 설마 방금 연락한 날 맞이해주려 한다거나…… 아니 설마, 여관의 여주인도 아니고 그런 일을 겪으면 수명이 줄어든다고.

　『아, 그, 그 녀석 불러올게!』

　"엑."

　명백하게 날 지목한 말이다. 샌들인가 뭔가의 밑창 부분이 포석을 문지르는 소리가 울렸다. 나츠카와의 접근을 느껴 무심코 목소리가 튀어나왔다.

기다려라, 여신을 이런 불볕더위에 내놓을 수는 없다. 비단처럼 하얀 피부를 태울 바에는 내가 그쪽으로 가겠다. 하지만 마음의 준비가 아직 안 되어 있으니 절충안으로 일단 거기서 멈춰 서는 건 어떨까. 그렇게 갑자기 나츠카와의 집에 뛰어드는 건…….

"……! 와타루!!"

히엑.

화악! 하고 성에서 뛰어나온 나츠카와. 소리에 놀라 나도 모르게 뒷걸음질 쳤지만 문 앞에 나온 나츠카와의 눈은 바로 나를 포착했다. 어, 어라…… 화내고 있나? 이치노세에 대한 죄악감과 나츠카와네 집에 가는 긴장감 때문에 지연전술을 쓴 게 들켰나……?

나츠카와는 그 미모에 어울리지 않는 기백으로 성큼성큼 나에게 오더니, 언젠가보다 강한 힘으로 내 소매를 붙잡았다.

"빨리 와!"

"오웃?!"

홱 잡아끌려서 바다코끼리 같은 울음소리를 내면서 나츠카와의 집으로 끌려갔다. 서서히 깊어지는 나츠카와네 집의 향기에 가슴이 두근거렸지만, 공포도 뒤섞여서 나츠카와를 의식하는 건지 어떤 감정인지 알 수 없게 되었다.

'나츠카와' 문패를 스쳐 지나가니 마당 끝에는 아시다가서 있었다. '대체 무슨 일이야?!'라는 시선을 보내봤지만, 아시다는 양손을 뒤통수에 대고 재밌어하는 듯한 시선을 돌려주고는 내 손에 있는 과자 봉투에 눈을 반짝일 뿐이었다. 귀신인가? 악마야? 굿 아니라고, 엄지 세우지 마.

현관 앞에 다다르니 나츠카와가 멈춰 섰다. 안 그래도 땀을 닦아야 하는데, 이때쯤 내 몸은 식은땀에 흠뻑 젖어 있었다. 이대로라면 나츠카와의 손에 묻을지도 모른다. 그러면 미움받는 차원의 문제로 안 끝날 거라고……!

살짝이다…… 사알짝 나츠카와의 손을 놓자…….

"……!"

"……?!"

어라, 어, 저기, 나츠카와 씨?! 딱히 도망 안 가니까 그렇게…… 다시 안 잡아도 말이죠……! 그…… 원래부터 가슴이 두근거리고 있던 만큼 고동이 심상치 않은데요! 심박수로 발전을 할 수 있을 것 같아요.

"와타루……."

"어, 저기, 팔── 그, 나츠카와?"

"───각오해."

"에엑?!"

"글러 먹은 남자 느낌이 엄청나네."

나츠카와에게 여기에 서 있으라는 듯이 위협당했다. 이 끌리는 대로 리액션하고 있으니 아시다에게 지금까지 들었던 말 중에 가장 쓸데없는 말을 들었다. 두고 보자, 아시다…… 언젠가 네 정수리에 삐쳐 나온 머리털을 뭉뭉해줄 테니까.

그렇게 원망스러운 시선을 보내고 있으니 아시다가 쓴웃음을 지은 얼굴로 다가왔다.

"자~, 스톱 스톱."

아시다 씨, 당신이 신인가.

아니, 신은 나츠카와다. 왜냐하면 여신이니까. 그렇다면 아시다는 천사인가. 아니, 천사는 아이리인가. 그럼 아시다는 뭐냐. 어, 아시다가 누구지?

"아, 아히다……."

"혀가 안 돌아가네~ 사죠찌."

아무튼 도와주는 건 고맙다. 그렇게 생각해서 감사를 전하려고 했는데 생각보다 가냘픈 목소리가 나왔다. 이치노세가 엎드려 빈 사건에 나츠카와의 호출, 아시다의 압력에 더해 나츠카와의 연행이 겹쳐 내 멘탈은 실제 체력에까지 영향을 끼치고 있었던 모양이다. 이상하다…… 조금 치유받을 생각으로 왔는데……

"아이찌, 언제까지 사죠찌의 팔을 잡고 있을 거야~."

"어……? 아……?!"

아시다의 말을 듣고 손을 핵 놓는 나츠카와. 보니까 나츠카와는 나와 주름이 잡힌 소매를 번갈아 보며 얼굴을 붉

히고, 소매를 부드럽게 쓰다듬고 그 손을 가슴에 안았다. 야, 소매, 자리 바꾸자. 그랬다간 내가 알몸이 되잖아…….

"저기……."

"이, 일단 들어와. 문 앞에서 한 번 멈춰."

"어, 어째서?"

아무래도 이해가 안 되는 전개에 나도 딴지를 걸지 않을 수 없었다. 아마도 아이리가 관련되어 있어서 나츠카와의 분위기가 이렇게 이상하다는 건 알겠다. 그래도 조금은 사정을 설명해줘도 괜찮지 않냐는 생각을 하지 않을 수 없었다.

"……읏……."

책망하듯이 바라보니, '부탁이야……'라고 말하는 듯한 애달픈 눈으로 나를 올려다봐서 무리였다. 알았어, 나 멈출게.

문 너머에서 들리던 소리가 멎었다. 무슨 준비를 하고 있었나……? 어, 혹시 부모님?

설마 하던 나츠카와 일가가 총출동하여 맞이해주는 게 아닐까 하고 겁먹고 있으니 나츠카와가 내 팔을 툭 쳤다. 그렇게 쉽게 만지지 마시게, 안 씻고 싶어지잖아.

"들어와."

"어, 괜찮아?"

"들어와."

"예입."

다짜고짜 들어오라는 말. 한 번은 확인했지만 이젠 순순히 따르는 수밖에 없었다. 뒤에서 아시다의 "크히히……" 하는 억누르지 못한 웃음소리가 들렸다. 너 과자 안 준다? 알겠어? 분명 라무네를 좋아했지? 내가 먹어 버린다?

마음을 가다듬고 문손잡이를 잡았다. 큭…… 나츠카와가 매일 잡는 문손잡이인가. 그렇게 생각하니 왠지 두근거리기 시작했다. 조금만 더 주물럭거려둘까. 아니, 기분 나쁘잖아. 이제 쓸데없는 짓은 그만하자. 신사 되는 자, 여자의 집에 들어갈 때는 당당하게 철컥하고——

"——잘 오셨습니다!!"

"——윽?!"

수명이 줄었다.

현관 앞에서 납작하게 무릎 꿇고 앉아 절하는 아이리.

너, 너무 귀여워……! 인사하기만 해도 귀여운데 바닥에 손을 대고 예쁘게 절까지 하다니……! 500점을 줘도 좋은 마중을 받았는데 가슴은 욱신욱신 비명을 지르고 있다. 전에 부활동의 휴식 중에 아시다를 놀리고 전력 스파이크를 가슴에 맞았을 때와 똑같은 느낌이었다.

"귀엽지? 그렇지? 귀엽지?"

나츠카와가 흥분한 것처럼 귀엽게 의기양양한 표정을 지었다. 네가 더 귀여워(홋), 하며 아이리의 가치를 낮추는 말을 하면 농담이라도 미움받겠지. 아마도 가장 해서는 안 될 말일 것이다. 농담이 아닌 게 또 아슬아슬한 줄타기. 자제를 모르던 얼마 전까지의 나였다면 분명 무심코 입을 놀렸을 것이다. 척.

'──그만두게 하지 마세요……!'

"……읔…….."

으억……?!

굉장히 좋지 않은 광경이 플래시백 했다. 나이에 맞게 몸집이 작은 아이리와 엎드려 비는 이치노세의 모습이 한순간 겹쳐졌다. 결정타를 맞은 것처럼 가슴 속이 쿵 하고 울렁거렸다.

"그 자세는 나한테 아파…….."

"……?"

나츠카와와 아시다가 의아한 눈으로 쳐다봤다. 특히 나츠카와는 '그래 더 기뻐해라'라고 말하는 듯한 시선을 보내왔다. 좀 봐주라고, 아가씨. 잠깐만, 잠깐만 시간을 줘…… 아저씨는 이제 한계야…….

"──후우, 마중 감사합니다. 아이리."

"네!"

내 안에 강림한 비즈니스맨이 격식을 차린 인사를 해줬다. 아르바이트 경험이 살아난 것 같다. 이게 없었으면 여자 두 명과 아이리 앞에서 기분 나쁘게 웃었을 거야. 고마워, 비즈니스맨. 업무로 돌아가 줘.

◆

"사~죠~!"

"아이리, 잠시 기다려. 땀 닦을 테니까."

"내가 말하는 것도 뭐하지만 안에 들어가는 게 어때? 냉방, 잘 돼 있어."

"괜찮아? 나츠카와."

"어, 으, 응."

달려드는 아이리를 어떻게든 막고 현관으로 들어갔다. 역시 덥다……. 이대로 아이리와 놀 수는 없다. 몰래 바디 시트도 사놓길 잘했다. 모처럼 살짝 멋도 부렸으니 땀 냄새난다는 인상을 주고 싶지는 않다.

"사죠찌, 멋 부리고 왔어?"

"난 항상 멋지다고."

"무슨 소릴 하는 거야 이 사죠찌는."

그런 말을 하면서 아시다는 내가 좋아하는 앵클 팬츠를 만지며 질감을 확인했다. 이봐, 그만해, 질감 같은 걸 신경 쓰면서 산 게 아니라고. '아, 이거 싸구려' 같은 스킬 발동하지 말라고. 가격은 그럭저럭 됐으니까.

"사~죠~!"

"오오, 여전히 기운이 넘치네, 아이리."

"이상한 머리 아니야~!"

"왜 화내는 거야."

어떻게든 온몸을 다 닦으니 기다렸다는 듯이 달려드는 아이리. 분명 자기가 엄청 귀엽다는 걸 모르겠지. 그렇게 동갑내기 남자아이들은 사랑이라는 이름의 병을 앓겠지……. 힘내라, 소년들.

아이리는 내 머리가 전처럼 갈색과 검은색이 섞이지 않아 오히려 위화감이 드는 모양이다. 지금은 색이 빠진 보통 흑발 같은 느낌이니 말이지. 기분을 맞춰주려고 쪼그려 앉으니 아이리는 손을 뻗어 내 머리카락을 아무렇게나 움켜잡았다. 답례로 나도 아이리의 트윈테일을 잡고 펼쳐 보였다.

"머리 이상해."

"싫어~!"

붕 하고 머리를 흔드는 아이리. 그래, 사람에게 장난을 치면 자기도 똑같은 일을 당하는 거다. 이를 계기로 삼아 쉽게 다른 사람에게 안기려고 하는 건 그만두렴. 이 이상 착각하는 남자아이가 양산되기 전에…….

"사죠찌, 의외로 아이한테 강하네. 더 기분 나빠할 줄 알았어."

"치이~…… 에잇!"

"시끄러워. 아야야. 아이리, 그런 짓 하면 과자 안 준다."

"싫어~!"

이것이 바로 어른의 방식. 과자 봉투를 들고 주지 않겠다고 위협하자 아이리는 눈물을 글썽거리면서 나에게 안겨 왔다. 어, 어라…… 진짜 자각 없는 거지……? 여기서 여자의 무기를 쓰는 거야?

농담이라고 하며 과자 봉투를 하나 주니, 꼭 쥐면서 한 번 더 안겨 왔다. 이건 무기가 아니네…… 국민 여동생이야. 귀여워, 피로가 풀린다. 지금 머리를 쓰다듬어두자.

"……?"

아이리를 귀여워하면서 나츠카와의 모습을 살펴보니, 나츠카와는 이쪽을 보는 채로 멍하니 굳어 있었다. 설마 이건…… 기를 가다듬고 있는 건가……?! 안이하게 아이리를 만진 날 제거하려는 건가……?!

겁먹고 있으니 아시다가 나츠카와의 눈앞에서 손을 흔들었다.

"어~이, 아이찌~?"

"핫……! 미, 미안…… 좀 흥분했었어."

어, 흥분했었어?

아시다와 둘이서 나츠카와를 봤다. 도저히 흥분했다고는 볼 수 없을 정도로 조용했다. 좀 더 감정을 외부로 표출해도 된다고? 그러는 편이 고맙다.

"신경 안 써도 괜찮당께."

"왜 사투리야……."

'나츠카와가 흥분했었다'. 그 사실에 아무래도 내가 흥분했었던 모양이다. 그렇군, 냉정하게 흥분한다는 건 이런 건가. 그 기분을 잘 이해했어.

긴장을 바보 같은 생각으로 얼버무리고 있으니, 아시다가 나츠카와에게 안겼다. 너 치사하다고.

"그, 그럼…… 들어올래?"

"오, 오오…… 실례합니다~."

"실례합니다~!"

"아이리는 우리 집 애잖아!"

아이리가 손을 들고 내 흉내를 냈다. 마치 외부 사람이 할 만한 말을 들은 것이 섭섭했는지, 나츠카와는 나에게서 아이리를 떼어내 꼭 안았다. 뭐야, 난 잘못 없잖아.

신발을 정리하고 현관에 들어서니 아시다가 의외라는 눈으로 쳐다봤다. 당연하잖아, 인마. 나츠카와의 어머니가 보면 어쩌려고. '어머, 이 남자애는 못 배웠구나'라는 인식을 받고 싶진 않잖아.

"자, 과자."

"응. 우와아, 많이 샀네~."

"이렇게나…… 값이 꽤 되지 않았어?"

"아니, 막과자 같은 건 그렇게 안 비싸니까. 신경 쓰지 마."

"으, 응······."

어린이가 메인 타깃인 막과자는 싸다. 그래도 많이 사면 싸진 않지만, 작은 아이가 보는 옆에서 장바구니에 휙휙 담는 쾌감은 최고였다고. 언젠가 너에게도 이런 날이 올 거야.

나츠카와네의 거실에는 처음 들어간다. 오른편에는 텔레비전에 낮은 탁자와 소파. 정면 안쪽에는 주방과 식당. 어느 가정에나 있을법한 이상적인 공간이었다.

아이리가 바지를 쭉쭉 잡아당겼다. 영광스럽게도 내가 온 게 기쁜 모양이다. 아니, 누구든 좋은 걸지도 모르지만 그렇게 생각하는 편이 내 멘탈에 좋다. 잠깐만 의심을 잊자.

"······시원해."

"첫 감상이 그거야?"

"과자! 과자 먹고 싶어!"

"참, 잠깐 기다려 아이리."

자유분방한 아이리가 아시다가 든 과자 봉투 쪽에도 달려들어서 조금 쓸쓸해졌다. 나츠카와가 아시다에게서 봉투를 가져와 슬리퍼 소리를 내며 부엌으로 향했다. 그 모습을 보고 겨우 나츠카와의 집이라는 실감이 났다. 어, 어떻게 하면 좋을지 모르겠는데. 그보다 잠깐만, 혹시······.

"이, 있잖아, 아시다. 이 뒤에 혹시 부모님이 등장하시나······?"

"아버지는 일하러 가셨고 어머니도 일하러 가셨대."

"어머나."

안심했다. 자, 이제 괜찮다. 이봐 거기, 노골적으로 기가 막힌다는 눈으로 이쪽 보지 마. 마음에 둔 여자의 부모님이 무섭지 않은 녀석은 없다고. 선물용 과자가 막과자라니, 멋없는 데도 정도가 있지.

하아, 시원해. 좋은 냄새. 나츠카와네 집 최고. 아르바이트 지쳤어. 조금만 느긋하게 있을까. 생각해보면 난 초대받은 쪽이니까 그렇게 막 신경 쓸 필요 없겠지. 조금만 휴식 휴식.

"사죠찌? 우리 보고 뭐 할 말 없어~?"

"? 아아…… 그렇지, 잊고 있었어."

"그런 거 중요하다고~."

아시다의 말을 듣고 잊고 있었다는 걸 알아차렸다. 사죠는 알고 있다. 이럴 때는 옷을 칭찬하면 되지? 폼으로 누나에게 단련 받은 게 아니라고. 나에게 맡겨둬라.

오늘의 아시다는 소녀스러운 무늬의 반소매 셔츠에 데님 숏팬츠. 역시 교복을 입은 모습 외에는 익숙하지 않아 신선하다. 멋을 내는 것을 의식하면 딱 맞는 사이즈를 의식하는지 교복보다 날씬한 몸이 강조되어 살짝 두근거렸다. 그보다 무엇보다 눈에 가는 것은…….

"다리가 엄청 예쁜 것 같아."

"때린다?"

"발차기 나왔는데?!"

무릎을 맞고 깨달았다. 옷이 아니라 부위를 칭찬했어…….

어쩔 수 없잖아. 아시다는 늘씬하니까. 너도 자신의 무기를 이해하고 그런 옷을 입고 있는 거잖아. 역시 배구부. 좋은 다리다…….

"아니 아니, 아시다 너 숏팬츠…… 그렇게 다리를 드러내놓고 있으면 옷보다 그쪽으로 눈이 가지. 보지 말라는 건 무모한 소리지."

"맨다리 킥!"

"그거 펀치——?!"

위험해라……! 누나에게 단련되지 않았다면 못 피했을 거라고! 페인트 없는 펀치를 피하는 건 식은 죽 먹기지! 나를 처리하고 싶다면 허에 허를 찔러야지……!

"끄응……"이라며 앓는 소리를 낸 아시다는 조금 부끄러워졌는지 외면한 채로 나에게 한 걸음 다가왔다. 그렇군…… 일부러 나에게 접근하여 전체적인 모습이 보이지 않도록 하는 전략인가. 훌륭하군.

"빵~!!"

"끄흑."

갑자기 아시다가 시야에서 사라졌다. 뭐지, 아이리가 부딪치기라도 했나? 그렇게 생각한 순간에 부드러운 탄력이 내 뒤통수에 전해졌다. 튕겨 나간 충격으로 날아간 것이 나라는 걸 알아차렸다. 소파 위, 가슴 위의 무게를 느끼고 시선을 돌리니, 방긋 웃고 있는 아이리가 걸터앉아 있었다.

아이리 너머에서 나츠카와가 파닥파닥 발소리를 내며 다가왔다.

"자, 잠깐만…… 뭐 하는 거야."

"사쵸찌랑 프로레슬링."

"뭐 하는 거야!!"

참 아슬아슬한 표현이라며 아시다에게 딴지를 걸었다. 나츠카와라면 몰라도 내가 아이리한테 부정한 감정을 품을 리가 없잖아. 그러니까 나츠카와, 그렇게 화내는 건 왠지 호들갑이라는 느낌이 들어. 무슨 생각을 했는지 말을 해보렴. 자.

그런 생각을 하고 있으니 아이리가 재밌다는 듯이 내 가슴을 투닥투닥 때리기 시작했다. 얼굴을 때리지 않으니 상식이 있다고 생각하는 건 내가 물러서 그런 것일 뿐인가. 감사합니다.

"얘 아이리! 과자 안 준다!"

"괜찮아 괜찮아, 나츠카와, 놀고 싶을 거니까."

"어, 그, 그렇지만……."

"요놈요놈요놈요놈———."

"꺄하하하하!!"

아이리는 자신이 만족하지 않는 한 멈추지 않는다. 그건 전에 왔을 때 파악했다. 전과 달리 작은 아이와 접하는 긴장감은 없으니 기꺼이 아이리와 놀아준다. 코 자는 시간이 올 때까지 철저하게 어울려주기로 했다.

어떠냐, 나의 오빠다운 모습은. 전처럼 농락당해 말이 되기만 하는 사죠찌가 아니라고!

그렇게 생각하며 소파에 누운 채로 나츠카와와 아시다에게 시선을 돌리니, 두 사람은 묘하게 안절부절못하는 모습으로 그 자리에 서 있었다. 내 시선을 눈치챈 아시다가 퍼뜩 정신을 차린 것처럼 움직이기 시작했다.

"자, 잠까안!"

"으엇?!"

뭔가를 얼버무리듯이 큰 소리를 낸 아시다는 소파에 오더니, 내 위에 올라탄 아이리 옆에 와서 팔을 벌렸다.

"아이! 나한테도 펀치!"

"흐엣."

"너, 뭔 소리 하는 거냐?"

"……어, 어라?"

보기 드물게도 **헛짓**을 하는 아시다. 여유가 좀 없는 것 같다. 아이리를 보니 검지를 입에 넣고 곤란해하는 표정을 짓고 있었다. 아시다의 장단은 다섯 살 여자아이에게는 통하지 않은 모양이다.

"언니의 친구니까······."

"······윽······!"

양손으로 가슴을 잡고 감격한 것처럼 몸부림치는 아시다. 한계에 다다른 아시다를 처음으로 직접 보고 조금 딱하다고 느꼈다. 하지만 그, 잠깐만요 아이리. 나는······? 난 **친구** 아이가? 언니의 말 같은 거 아니다? 어, 나츠카와의 말······? 뭐야 그거, 나츠카와 좀 태우고 싶네──.

"아이! 과자 먹자!"

"! ······과자!"

"끄헥."

망상의 세상에 빠져 있으니 아이리가 묵직하게 체중을 실은 다음에 일어섰다. 위가 직접 압박당해서 위험했다. 여기에 오기 전까지 어느 정도 소화되지 않았다면 끝장났을지도 모른다.

"저, 저기······ 괜찮아? 와타루."

"아~, 응······ 괜찮아."

"아이리는 나중에 타이를게······."

"아냐 아냐, 이렇게 부딪칠 수 있는 사람은 나나 이이호시밖에 없잖아?"

"응······ 응? 아니, 이이호시는······."

이이호시의 이름을 꺼내자 나츠카와는 미안한 듯한 표정을 지었다. 이이호시가 '밀려서 넘어졌다'라고 했으니······.

아마 아까 전의 나처럼 벌렁 넘어졌겠지.

아이리와 부딪쳐 누운 채로 있는 나를 나츠카와가 내려다보는 것도 나쁘지 않다. 무엇보다 찬찬히 사복 차림의 나츠카와를 볼 수 있어서 전 행복합니다.

"있잖아~, 사죠찌? 아이찌한테 뭐 할 말 없어~?"

나츠카와를 올려다보는 내 시선을 알아차렸는지, 아시다가 재밌어하는 말투로 시험하듯이 패스했다. 보아하니 내 센스를 얕보고 있군? 사죠찌 아이를 얕보지 말라고? 설령 상대가 나츠카와라고 해도 신사적으로 칭찬해 보이도록 하지……!

"흠……."

"어, 뭐, 뭐야……?"

나츠카와는 멋을 부렸다기보다는 활동성을 중시한 대 아이리용 코디다. 어깨 관절 부분부터 천을 없애는 것으로 가동 영역을 높인다는 고차원적인 아이디어를 짜냈다. 다리를 보여 주지 않는 바지 스타일은 아쉽지만, 머리카락을 귀에 걸칠 때 살짝살짝 보이는 겨드랑이가——

"——……(꿀꺽)."

"사죠찌."

미안.

"어라, 잠들었어?"

"응, 잠들었네."

아이리와 계속 놀아준 지 한 시간. 소파 안쪽부터 나, 나츠카와, 아시다가 앉아 차분한 시간을 보냈다. 원래부터 체력이 있는 아시다와 놀고 있었던 영향인지, 아이리는 나츠카와의 무릎 위에서 꾸벅꾸벅 졸기 시작해 먹던 쿠키를 툭 떨어뜨렸다. 앗, 하고 소리를 낸 아시다가 눈을 반짝이며 손을 뻗었지만, 틈을 주지 않고 나츠카와가 주워서 입에 넣었다. 뭘까, 작은 공방전처럼 보인 건 기분 탓인가.

"머, 먹고 신나게 놀기를 반복했으니까…… 그렇게 돼도 이상하지 않지. 나라도 졸릴 거야."

"후후, 확실히 그렇네."

"엄청 행복해 보이는 얼굴이야……."

드디어 잠잘 태세에 들어갔는지 익숙한 듯이 나츠카와의 무릎 위에서 몸을 둥글게 마는 아이리. 아무래도 품속에 완전히 들어가진 못했지만, 균형 있게 힘을 빼고 잠들었다. 그런 아이리를 능숙하게 안고 부드러운 눈길로 바라보는 나츠카와는 그야말로 성모…… 모성이 느껴진다고 해야 할까. 솔직히 말해서 지금 당장 한 아이의 어머니를 해도 잘할 것 같다. 보고 있었더니 왠지 나도 졸리기 시작했네.

"저거 봐 사죠찌, 멋진 광경이라 생각하지 않나."

"응……? 오오……."

"……사죠찌?"

한 박자 뒤에 아시다의 말을 이해했다. 수마에게 이해력을 빼앗겼는지 센스 있는 대답을 하지 못했다. 평소 같았으면 즉답으로 전면 긍정했을 것이다. 하아, 존엄해…….

"와타루…… 혹시 피곤해……?"

"격렬했지~, 아이의 돌격."

"아아, 아니, 피곤한 게 아니라. 그, 나도 졸린다고 해야 하나?"

"무리 안 해도 괜찮아. 그…… 미안해, 아이리가 때리거나 해서."

"마사지 같은 거였으니까 신경 안 써도 괜찮다니깐. 엄청 기분 좋았어."

"이상하게 말하지 마…….."

"갑자기 변태 같아졌어, 사죠찌."

기분 나쁘게 여겨지는 건 바라던 바가 아니다. 역시 머리가 돌아가지 않는 것 같다. 생각하고 말을 하는 것이 불가능해졌다. 하지만 조용히 있어도 더 졸리게 될 뿐이란 말이지.

두 명이 어쩔 수 없다는 시선으로 바라봤다. 왠지 연하 취급을 받는 것 같아 부끄럽다. 양손으로 눈을 쓱쓱 비벼 어떻게든 졸음을 쫓기로 했다.

"하지만 대단해, 사죠찌. 제대로 아이를 상대했잖아."

"어? 그야 당연한 거 아냐?"

"아니 뭐, 그렇긴 하지만……."

　뭐, 나츠카와의 환심을 사는 건 항상 있는 일인데? 긴장을 풀어도 이래저래 눈치 빠르게 행동하는 건 늘 있는 일이지. 아이리는 귀엽고. 피곤하다는 이유를 대고 남아도는 기운을 발산하지 못하게 하는 건 말도 안 되는 일이다. 무엇보다 아이리와 놀아줌으로써 나츠카와가 편하게 있을 수 있다.

"사죠찌 있잖아, 좀 더 어깨의 힘을 빼는 게 어때? 까놓고 말해서 어지간~히 힘쓰고 있지 않아?"

"……."

　틀리진 않았다. 애초에 나츠카와의 집에 있으면서 편안히 있으라는 게 무리한 이야기였다. 아이리는 둘째치더라도 두 사람의 기분을 상하게 하고 싶지 않으니까. 특히 아시다는 화나게 하면 무섭고 나츠카와와의 시간을 방해하는 것도 미안하니 말이야.

　부정할 수 없는 지적에 입을 다물고 있으니 나츠카와의 눈이 불안한 빛을 띠었다. 이건 좋지 않다.

"어, 무슨 소리야? 난 아이리랑 놀았을 뿐인데."

"아니~, 왠지 미안해져서."

아니 잠깐만…… 아시다까지 잘 대해 주면 내 개성이 죽는데. 우리는 살짝 불꽃이 빠직빠직 튀는 정도가 딱 **좋잖아**. 애초에 여자 둘이 노는 데 혼자 불려간 남자는 그런 역할이잖아. 나도 **그럴 생각**으로 왔으니까 쓸데없는 걸 신경 쓰지 말라고…….

"……그, 뭐지? 미안하게 생각한다면 전에 '벌'인가 뭔가 하는 걸 차라리 없었던 일로……."

"그건 그거, 이건 이거."

"악마 놈……."

"아이찌를 겁준 벌이니까~."

"나, 난 딱히……."

"안 되지~, 사죠찌한테 제대로 벌을 줘야지."

이래서 순수 인싸는……. 뭐랄까, 적절하지 않다. 애초에 그런 일로 힘이 빠지면 처음부터 대충 이유를 대고 거절했을 거라고. 원래 컨디션이 아닌 만큼 아직 자연스럽게 있을 수 있지만, 컨디션이 좋았다면 열심히 미팅의 진행자처럼 됐을 거라고.

"뭐, 그건 둘째치고, 아르바이트도 해서 피곤하지? 아이도 대강 진정됐고, 과자도 있으니까 쉬어."

"어…… 그래? 난 전혀……."

"아니 아니, 그렇지는······."

"그렇잖아~?"

······이 할망구.

확 끓어오른 분노에 살짝 날카롭게 보니 아시다는 당황한 것처럼 가슴 앞으로 양손을 흔들었다. 딱히 날 도발할 생각으로 전부 말한 건 아닌 모양이다. 졸음이 날아간 김에 냉정하게 생각했는데 아시다라면 좀 더 능숙하게 분위기를 유지할 수 있었을 것이다. 잠에 취해서 뭔가 아시다를 당황하게 할 만한 짓을 한 걸지도 모른다. 내가 거리낌 없이 두 사람의 대화에 끼어들어도 학교에 있을 때랑 변함없다고 생각하는데.

"······여자들 모임에 남자 혼자 불려간 입장이 돼보라고."

이런.

정신적 피로의 영향 때문인지 무심코 한숨을 쉬면서 불평하고 말았다. 고개를 드니 나츠카와와 아시다가 놀란 눈으로 날 보고 있었다. 특히 아시다는 예상 밖이라는 듯이 눈을 휘둥그레 뜨고 있었다.

"어~?! 여자 집에 와놓고 그런 말 하는 건 배부른 소리 아냐~?!"

아시다에게 어처구니없다는 듯이 지적당했다. 실제로 이건 따지는 것일 것이다. 그야 그렇겠지. 아시다가 보면 단순히 배려해줬을 뿐인지도 모르고, 아마 이 공간의 까다

로움은 남자밖에 모를 것이다. 원래 컨디션이었으면 딱히 그렇게 생각하지 않겠지만.

"나, 난 그럴 의도가……."

"아, 아니, 음~…… 이건 근본적인 원인이 아니니까 신경 쓰지 마. 아시다가 권유하기 전부터 좀 그런 게 있었으니까."

나츠카와는 틀림없이 진지하게 받아들이고 있다. 서둘러 보충 설명을 했지만, 왠지 그것마저 변명처럼 되고 말았다. 오히려 이걸 이유로 배려해줘서 거리를 두거나 하면 난 죽을 거라고.

"그, 그래?"

손바닥을 뒤집듯이 아시다의 목소리가 높아졌다. 전부 자기들 탓을 한 줄 안 모양이다. 뭐 그렇지, 일반적으로 생각해서 어지간한 일이 없는 한 내 멘탈은 최강이니까. 폼으로 누나의 동생을 하는 게 아니다. 뭐, 그 **어지간한 일**이 있어서 정신이 마모되었지만.

"사쿄찌, 고민 같은 거 없을 것 같은데."

"아시다한테 그런 말 안 듣고 싶거든."

자연스럽게 실례되는 말을 지껄인다. 발끈했거든. 자신이 한 말이 그만큼 실례된다는 걸 알아라. 근데 아시다의 고민은 있다고 치더라도 뭐지? 시험 성적 정도밖에 안 떠오르는데?

"나한테도 고민 한 두 개쯤은 있다고."

"예를 들면?"

"무슨 일 있었어?"

"어……?"

어, 뭐야, 왜 이렇게 달려드는 거야.

고민 없는 천진난만한 놈이 아니다. 그것만 알아줬으면 됐는데, 의외로 두 사람은 바로 반문했다. 애초에 관심을 보일 줄 몰랐기 때문에 나도 모르게 말문이 막혀버렸다.

"아, 아니? 딱히 그렇게 너희한테 말할 정도의 일은 아니랄까?"

"우리한테는 말하지 못할 일이야?"

"아니, 그러니까……."

얼버무리려고 하자 나츠카와가 바로 따지고 들었다. 잠깐만 기다려 주세요……. 그런 예정은 없었는데요? 고민도 '한두 개쯤'이라고 말했지만 실제로는 하나인데. 살짝 허세를 부린 게 진심으로 부끄럽다.

"아니 그, 말하면 확 깬다고 생각하는데……."

'같은 반 여자가 엎드려 빌게 만들어버렸습니다'. 그런 말을 하면 농담 없이 나에게 실망하는 미래가 기다리고 있다. 아무리 나츠카와라고 해도 분명 전처럼 차갑게 '아, 아이리한테 접근하지 마!'라며 목소리를 떨면서 말할 것이 틀림없다.

아시다에게 살짝살짝 시선을 줘 도움을 요청했다. 이건 터부다. 부탁이니까 더 이상 물어보지 말아줘.

그렇게 호소하고 있으니 뭔가 눈치챈 아시다가 '앗!' 하는 표정을 지었다. 알아줬나……. 그래, 사람이 말하고 싶지 않다고 하는 건 캐물으면 안 되지. 그러니 지금은 물러나서—— 잠깐, 아시다. 왜 얼굴을 살짝 붉히고 당황했냐? 분명 엉뚱한 착각 하고 있지?!

"아, 아니~, 뭐 난 사죠찌가 그렇게 말하고 싶지 않다면……."

"우, 우리가 조언해줄 수 있을지도 몰라."

아시다가 '아, 아이찌?!'라는 표정을 지었다. 잠깐만. 뭐랄까, 둘 다 기다려. 그리고 아시다는 무슨 생각을 했는지 가르쳐줘. 똑바로 말로 표현하는 것도 중요해.

"아, 아이찌…… 그, 그러니까…… 여자는 이해 못 하는 고민…… 일지도 모르잖아……."

"어…… 어어?!"

"아, 아니라고!"

"어, 아니야?"

"뭐랑 착각한 거야?!"

나도 모르게 그럭저럭한 목소리로 부정해버렸다. 아니, 하긴 하지! 무슨 착각을 한 거야?! 왜 도달한 곳이 거기냐고. '사춘기 남자'에 초점을 맞추고 생각하지 말라고…… 그러면 어느 남자든 고민투성이야…….

나츠카와가 "아, 아니구나……"라고 말하면서 부끄러운 듯이 힐끔힐끔 보는 게 엄청 부끄럽다. 그만둬, 시선을 아래로 보내지 마, 흥분돼.

"아, 아니면…… 괜찮지 않아?"

"응…….."

"어째서냐."

남자 특유의 고민이 아니라는 것은 곧 캐물어도 된다고 생각하는 건 역시 횡포가 아닐까. 살인범에게조차 묵비권이 있는데 왜 평범하고 죄 없는 고등학생이 말해야만 하는 분위기가 된 거냐……! 그리고 보니 난 죄가 있었지.

"마, 말해줘……!"

"……으………."

소파 위, 약간 벌어져 있던 나츠카와와의 거리가 확 좁혀졌다. 아이리를 무릎 위에 올려놓은 채로 그렇게 움직이는 건 어떻게 봐야 할까. 한순간 그렇게 생각했지만, 생각보다 진지한 눈으로 바라봐서 그런 생각을 할 상황이 아니었다.

……단순한 흥미는, 아니겠지.

왜 나츠카와가 이렇게까지……? 그런 생각을 해도 나츠카와가 상냥하기 때문이라는 이유로 귀결된다. 애초에 반한 이유가 그것이기도 하고. 분명 내가 아니더라도 눈앞에서 아는 사람이 고민하고 있으면 손을 내밀어줄 것이다.

'다정함이나 동정으로 나온 행위는 상대가 대가를 치르게 만드는 흉기'. 어느 만화에서 읽고 멋지다고 생각한 시기도 있었지만, 사실은 아니란 말이지.

'그 사람이 상냥하게 행동하게 하는 것'이야말로 죄다. 왜냐하면 결과적으로 그 사람을 번거롭게 만드니까. 비극의 주인공인 척을 하기 전에 할 일이 있지 않냐는 말이다.

상냥함은 극단적으로 말하자면 '사랑'이나 '동정' 둘 중 하나다. 전자를 쟁취하지 못한 나에게 있어서 나츠카와의 상냥함은 동정에 불과하다. 사랑은 무상—— 그리고 동정을 받았으면 대가를 치르는 수밖에 없다.

'고민이 있다'. 그런 말을 한 것이 실수였다. 처음부터 고민을 들려줄 생각이었다면 딱히 미안하지도 않았을 거다. 약한 모습을 보여 주고 싶지 않다고 생각한 주제에 그렇게 말해버린 게 나빴다. 부끄럽구나…… 더는 도망칠 곳 따위는 없겠지…….

"그…… 알았어."

"——아……."

단념하는 수밖에 없었다. 바짝 다가오는 나츠카와를 달래서 원래 위치로 돌아가게 했다. 그렇게까지 다정하게 대하면 나도 꺼내는 수밖에 없다. 나에게 실망한다고 해도, 경멸당한다고 해도, 그것이 이미 정해진 현실. 내 형편에 좋은 꿈만을 안고 있을 수는 없다.

"그러면 상담할 게 있는데……."

……마, 말한다? 괜찮겠지……? 이제 이 두 사람과는 여러 가지로 끝장날지도 모른다? 에에잇, 사내답지 못하다……! 애초에 이치노세를 엎드려 빌게 만든 시점에 남자로서의 뭔가가 끝장나 있어……!

"——아르바이트하는 곳에서 여자애를 엎드려 빌게 했는데……."

""뭐 하는 거야?!""

누가 나한테 물 좀.

5장 ♥ ‹⋯⋯⋯⋯⋯⋯› ♥ 아시다 케이는 생각한다

"음~⋯⋯⋯."

아이찌의 팔 속에서 가는 팔다리가 꿈틀꿈틀 움직였다. 아이는 등을 쓰다듬으니 자세를 고치듯이 아이찌의 가슴에 볼을 파묻고는 다시 새근새근 자기 시작했다. 아이, 좋구나⋯⋯.

──그게 아니지!!

"너 무슨 짓을 저지른 거야⋯⋯?"

"죄가 너무 크지 않아⋯⋯?"

진지하게 이야기를 들으려고 한 아이찌는 화를 억누르듯이 목소리를 떨면서 되물었다. 동감이야 아이찌⋯⋯. 왠지 당황했던 내가 바보 같아서 마음이 부글부글 북받쳐.

사죠찌는 아이의 샘나고 발칙한 광경에는 눈길도 주지 않고 소파에 앉는 자세를 고치고 거북하다는 듯이 자신의 무릎을 내려다보고 있다. 표정에서 '난 왜 이야기했을까⋯⋯'라는 감정을 읽어낼 수 있었다. 지금 와서 어물쩍 넘어갈 수 있다고 생각 안 하는 게 좋을 거야, 사죠찌⋯⋯.

"저기, 못 들은 걸로⋯⋯."

"무리야."

"무리거든."

어처구니없는 이야기를 듣고 '역시 지금 건 무효' 처리는 무리야. 이건 무슨 일이 있어도 이야기를 들어야만 해…….
여자애가 엎드려 빌게 만들다니, 보통 일이 아니지? 사죠찌, 언제부터 그렇게 된 거야!

"………저기, 그러니까."

"얘기해. 말해."

강하게 나오는 아이찌. 방금까지 있던 '사죠찌의 힘이 되어주고 싶다'라는 눈이 아니었다. 뭐랄까, '가족의 큰일' 같은 느낌? 나도 이건 캐묻지 않을 수가 없는데~.

"처음부터 사죠찌가 잘못한 거야?"

"윽…… 뭐, 상대의 성격을 고려하지 않았기에 일어난 비극이라 할까요."

"얌전한 애야……?"

"……."

고개를 끄덕이는 사죠찌. 아이찌가 매서운 시선을 보냈다. 나도 똑같은 시선을 보내고 있을지도 모른다. 그도 그럴 게 얌전한 애잖아? 그런 애가 사죠찌한테 폐를 끼쳐서 엎드려 비는 모습은 상상이 안 되는걸. 사죠찌가 그 애가 그렇게 하도록 만들었다고 볼 수밖에…….

"……윽………."

아이찌의 눈이 더 날카로워졌다.

입을 다물어버린 사죠찌. 사죠찌는 이제 도망칠 수 있다고 생각하지 않았으면 한다. 그렇게 겁내도 소용없어. 여기까지 이야기했으니 싹 다 불지 않으면 납득할 수 없다. 정말로 이야기하지 않는다면, 이야기하지 않고 계속 오해하는 채로 있을 수도 있으니까.

가만히 보고 있으니 사죠찌는 바르게 고쳐 앉고 표정을 바꿨다. 사죠찌도 진지하게 우리에게 이야기를 들려주려는 자세가 된 것 같다. 그 모습을 보고 살짝 안심했다. 마음속 어딘가에서 어쩌면 이야기를 안 들려줄지도 모른다고 생각을 하고 있었으니까.

"……좀 어려운 이야기일지도 모르는데……."

"……."

내용을 이야기하는 사죠찌. 들으면 들을수록 그게 전혀 시시하지 않은 이야기라는 것을 알았다. 아르바이트한 적이 없는 나나 아이찌를 위해 상당히 말을 골라서 설명한 것처럼 느껴졌다.

일단 놀랐고, 반응하기 어려웠다. 사죠찌가 진지한 이야기를 하고 있다는 점. 사죠찌라서 또 이상한 이유로 그런 일이 벌어졌다고 생각했고, 애초에 사죠찌가 진지하게 일에 임하고 있다는 것이 의외였다. 실례되는 이야기지만.

아이찌는 사죠찌의 이야기를 진지하게 듣고 있다. 나처럼 이상한 선입견을 품고 듣는 것이 아니라는 걸 잘 알 수 있었다. 의외라고 생각하지 않는 모양이다. 아이찌, 사죠찌의 착실한 면을 알고 있구나…….

냉정하게 생각하면 당연한 이야기라는 생각은 한다. 아이찌와 사죠찌는 중학교 때부터 알고 지낸 사이다. 내가 모르는 서로의 얼굴을 알고 있어도 이상하지 않다.

사죠찌도 아이찌도 생각하는 게 금방 얼굴에 드러나고, 그런 둘은 서로의 미묘한 마음에는 둔감하고, 그런 모습을 옆에서 보아 온 내가 두 사람을 가장 잘 알고 있는 줄 알았던 걸지도 모르겠다. 아직 만난 지 반년도 안 지났구나…….

문득 아이찌를 보니, 아이의 머리를 쓰다듬으면서 조금 슬픈 얼굴을 하고 있었다.

"네가, 그, 감정적으로 대했구나……."

"……뭐, 그런 거지………."

감정적인 사죠찌는 본 적 있다. 사죠찌와 누나가 옥상에서 말다툼했을 때. 그때는 확실히 예삿일이 아니라고 생각했다. 화난 사죠찌를 보고 '저렇게 낮은 목소리가 나오는구나'라고 생각만 했다. 그 자리를 엿보고 있다는 죄악감을 잊어버릴 정도로 깜짝 놀랐고, 명백하게 비상사태라서 위화감 같은 건 못 느꼈는데…….

"뭐, 그, 이게 고민이라 해야 하나……? 내일부터 어떻게 할까 싶어서……."

"……."

"……."

아무것도 떠오르지 않았다. 이야기는 이해하기 쉬웠지만, 아르바이트한 적이 없으니 접객에 대해서는 아무 말도 할 수 없다. 배구부에 얌전한 애는 있지도 않고, 난 그렇게 내성적인 아이와 접점을 가진 적이 없으니까. 배려해서 말을 걸면 민폐로 여겨진다는 걸 알고 있으니까.

하지만 일인 이상, 사죠찌는 그 아이와 무리하게라도 커뮤니케이션을 할 필요가 있었다. 그래서 자신을 거북하게 여길 것이라는 걸 알면서도 **그런 식**으로 말할 수밖에 없었다. 그런 일이 있구나……. 난 생각한 적도 없었다.

"——어때. 나도 이런 문제를 겪기도 한다고."

"어, 그러니까…… 응. 큰일이네, 사죠찌!"

"큰일이네, 가 아니라고……. 차라리 날 죽여……. 아아 싫다, 이제 죽고 싶어……."

"사, 사죠찌 기운 내!"

반쯤 나를 향해 내뱉은 말. 마치 위로할 수 있으면 한번 해보라고 하는 것 같았다. 사죠찌가 소파에서 몸을 질질 끌며 떨어졌다. 그렇게 연약한 말을 하면서 무거운 분위기를 누그러뜨리고 있었다.

분한 마음을 느꼈다. 해결 방법은 아무것도 떠오르지 않았다. 난 사죠찌의 기분에 맞춰서 힘내라는 말밖에 하지 못한다. 그게 아니라 뭔가 좀 더 힘이 되어주고 싶은데…….

이야기를 들은 바로는 적어도 전부 사죠찌의 잘못이 아

니라고 생각했다. 하지만 의견을 내기에는 내가 모르는 세상이라 결과적으로 무책임한 말을 하는 것이 두려웠다.

"───너만 잘못한 게 아니야."

"……어?"

사죠찌와 둘이서 아이찌를 봤다. 아이찌는 이마에 손을 대고 괴로워 보이는 눈으로 사죠찌를 보고 있었다. 나와는 달리 여러 생각을 하는 것처럼 보였다. 아직 매서운 눈빛이 남아 있는 걸 보면 완전히 사죠찌의 편을 들어주는 건 아닌 듯했다.

"그, 뭐라 표현하면 좋을지 모르겠지만…… 이야기를 들어 보면 애초에 걔가 일반인 수준으로 커뮤니케이션할 수 있었다면 그런 일은 안 일어났을 거잖아. 아르바이트 선배로서 독려한 거지?"

"……뭐. 그렇, 지……."

설마 편을 들어줄 줄은 몰랐다는 표정으로 사죠찌가 천천히 대답했다. 소파에서 떨어진 몸을 원위치로 돌려놓고 아이찌의 말을 들을 자세를 만드는 듯이 자세를 고쳐 앉았다. 아이찌를 보는 의외라는 듯한 눈빛은 아직 변하지 않았다. 사죠찌는 아이찌에게 좀 더 기대해도 괜찮을 것 같은데.

"제대로 된 이유가 있잖아……."

"……."

이번에는 아이찌가 얼버무리듯이 사죠찌에게서 눈을 돌렸다. 얼굴은 어쩐지 쑥스러워하는 것처럼 보였다. 어, 잠깐만.

　"아이찌. 혹시 지금 격려한 거였어?"

　"뭣⋯⋯?! 왜 그걸 말하는 거야!"

　"말만 들으면 객관적인 의견이었다고 해야 할까⋯⋯."

　'어느 쪽이 얼마나 잘못했는가'를 말한 게 아니라, '사죠찌만 잘못한 게 아니니까 기운내'라고 말한 거지? 한순간 이해 못 했지만, 아이찌의 모습을 보고 알아차릴 수 있었다. 잘 생각해보니 자연스럽다는 느낌이 들었다. 기운이 없는 사죠찌를 앞에 두고 아이찌가 아무 감정 없이 있을 수 있을 리가 없다.

　"⋯⋯그런가."

　"그, 그래."

　사죠찌가 부드러운 얼굴로 아이찌를 봤다. 그렇지? 라고 말하는 듯한 얼굴로 아이찌를 보고 있다. 진지한 이야기를 별로 한 적이 없는 나는 사죠찌가 말하는 '아이찌의 상냥함'에 대해 잘 몰랐다. 하지만 지금의 아이찌를 보고 처음으로 그 의미를 이해했다는 느낌이 들었다.

　사죠찌가 조금 기운을 차린 것 같은 느낌이 든다. 어쩌면 해결법 같은 것보다 격려하는 게 중요했던 것일지도 모르겠다. 나도 뭔가⋯⋯ 음~, 하지만 사죠찌는 결과적으로 여자가 엎드려 빌게 만들었단 말이지……내 생각으로는 그건 또 다른 문제라고 해야 할까…….

아, 그래도 잘 생각해보니 이건 아르바이트와 별로 상관 없다는 느낌이 든다. 부활동에 적용하는 것도 가능할 것 같은데. 자기 발로 배구부에 들어왔으면서 리시브를 못해서 우는소리를 했다거나? 그래서 혼냈더니 엎드려 비는 거지?

"……어라?"

그렇게 생각해보니 위화감. 보통 적반하장으로 화내거나, 삐지거나, 어색해지거나 해서 안 오게 되지? 최악의 경우에는 그대로 그만두지?

"왜 그래, 아시다."

"저기, 걔는 왜 그만두지 않은 거야?"

"어?"

"힘들면 그만두면 되잖아."

뭔가 이유가 있었던 게 아닐까 하고 생각했다. 그것도 내성적인 아이가 엎드려 빌면서까지 그만두고 싶지 않았던 이유가. 그러는 편이 행복할 거라고, 아까 사죠찌도 설명하면서 말했고. 도망친 곳에 아늑한 곳까지 있는데, 그 아이는 '그만두고 싶지 않다'라고 말했고.

사죠찌를 보니 난처하다는 듯이 머리에 손을 대고 있었다.

엎드려 비니까 동요해서 그 아이에게서 자세한 사정을 물어보지 않은 모양이다.

"아마도 말인데…… 나도 사죠찌처럼 그 애랑은 잘 안 맞을지도 몰라. 그래도 말이야, 그 점을 알면 왠지 모르게 납득이 될 것 같지 않아?"

"확실히 그렇네…… 하지만 어떡하면 좋지?"

"내성적인 아이니까 사죠찌가 꺾이면 다 끝나버릴 것 같은데……. 물어볼 수밖에 없지 않을까~."

"윽……."

아주 싫다는 얼굴로 괴로워하는 사죠찌.

아이고, 난제를 준 느낌인데……. 그래도 전혀 이해하지 못한 채로 그 애의 선배 역할을 하는 건 힘들다고 생각한단 말이지. 생각을 알 수 없는 아이가 있다면, 아무튼 그 아이와 접해서 알아내는 수밖에 없다고 생각한다.

"──그럼 쓸래."

"……어?"

"으응?"

갑자기 선언한 아이찌. 무슨 말을 하는지 이해가 안 돼서 사죠찌를 봤지만, 사죠찌도 아이찌가 무슨 말을 하는지 이해 못 한 것 같았다. 둘이서 얼굴을 마주 보며 아이찌의 다음 말을 기다렸다.

"와타루의 '벌'…… 그거에 쓸래."

어, 잠깐만…… 아이찌?

작은 장난으로 아이찌를 겁먹게 한데다가 걱정까지 하게 만든 사죠찌에게 내린 벌. 아이찌가 사죠찌에게 조금이라도 솔직해졌으면 하는 마음으로, 그런 타산적인 생각으로 '벌'이라고 했지만, 설마 이런 식으로 쓸 줄은 생각지 못했다.

"'내일 그 아이에게서 이야기를 들을 것'. 그게 네 벌이야."

"아…….'

한순간 당황한 듯한 표정을 짓는 사죠찌. 그런가 싶더니 금방 진지한 얼굴로 잠시 생각하는 기색을 보였다. 잠시 눈을 감더니 바로 대답했다.

"……알았어."

승낙하는 사죠찌. 거기에 써버리는 건가……. 뭐, 결과적으로 내 강요가 사죠찌의 결단에 도움이 되었으니 잘된 일인가……. 아이찌가 상냥하기 때문인 게 크다고 생각하지만.

"…….'

"…….'

"…….'

한순간 셋 다 고요하게 침묵했다. 아이찌의 제안으로 사죠찌의 고민을 해결할 실마리를 찾아서일까. '그럼 그 방향으로'라고 말하는 그런 침묵이었다.

하지만, 음~…… 아깝다는 생각이 드네~.

"괜찮겠어? 아이찌. 사죠찌한테 이것저것 얻어먹을 수 있었을지도 모르는데~."

"나, 난 딱히 그런 거…….."

"난 언제든지 환영인데?"

"넌 쓸데없이 낭비하지 마!"

"아이찌 좋겠다. 후원자가 생겼네."

"그럴 생각 없다고!"라며 당황하는 아이찌. 사죠찌가 신난 건 사랑의 힘이라고 생각한다. 공물을 바칠 생각이 가득한 게 심상치 않아 좀 무섭지만. 아이찌가 악녀라서 착하지 않았다면 골수까지 쥐어 짜이지 않았을까…….

"……뭐, 아시다도 못 사줄 것도 없는데."

"어어?! 어…… 어, 어째서?"

갑자기 나에게 상냥한 모습을 보여 주는 사죠찌. 너무 예상 밖이라 이상한 소리가 나와버렸다. 에, 뭐야, 어떻게 된 거야? 바람……?! 사죠찌 바람피우는 거야?! 나라도 좋다는 거야?! 그런 건 안 돼, 아이찌한테 미안한데! 그렇게 갑자기 의미심장한 말을 하다니……!

"아니, 네가 그렇게 진지하게 생각해줄 줄 몰라서? 미안해서……?"

"에엥~, 뭐야 그게~…….."

그런 말을 하면서도 나는 살짝 기뻐했다. 사죠찌, 나한테 감사하고 있구나. 좀 소홀히 취급당한 적이 많아서 의외였어…… 평소 그런 순순한 느낌을 내면 좋을 텐데. 귀엽지 않네.

"뭐야, 그 살짝 불만이라는 느낌은. 딱히 이번 일이 없었더라도 아시다한테라면 조금쯤은 서비스할 거다?"

"어, 말도 안 돼, 진짜?"

"응, 나도 케이라면……."

"……어?"

사죠찌에게 편승해서 쓴웃음을 지은 듯한 아이찌도 이쪽을 바라봤다. 어, 뭐지, 따뜻하게 날 지켜보는 이 느낌은. 평소랑 입장이 역전되지 않았어? 왜 이럴 때만 생각이 일치하는 거야, 이 둘은!

"어, 어어~?! 둘 다 왜 그래! 왜 그렇게 잘해주는 거야?!"

"뭐, 그러니까? 본능이 아시다를 거스를 수 없다고 해야 하나?"

"무슨 말을 하는 거야……. 케이한테는 신세를 지고 있고, 응원하고 싶어질 정도로 부활동도 열심히 하고 있잖아. 좀 더 나한테 의지해줬으면 하는데……."

"반에 있는 녀석들도 똑같은 거 아냐?"

"아와와와와, 자, 잠깐만……!"

갑자기 칭찬을 받아 어떻게 반응하면 좋을지 모르겠다.

잠깐 잠깐, 그렇게 갑자기 부드럽게 대하지 마……. 어, 얼굴이 뜨거워! 난 좀 거칠다고 해야 할까, 이런 식으로 부드럽게 대해 주는 건 안 익숙하니까!

"케이…… 이리 와."

"아이찌 완전히 언니 스위치 켜졌지?!"

사죠찌에게 도움을 구했다. 턱에 손을 대고 '호호오'라며 히죽거리는 느낌으로 이쪽을 보고 있었다. 여기 보지 마, 변태! 내가 아이찌랑 꽁냥거릴 때 빤히 보는 건 너무 노골적이니까! 딱히 사죠찌한테 보여 주기 위해 이러는 거 아니니까!

차가운 눈으로 바라보니 사죠찌는 얼버무리듯이 눈을 돌렸다.

"그러니까 사양하지 말란 말이야. 그러는 게 나츠카와가 더 좋아하니까."

"너도 케이한테 고마워해!"

"알았어 알았어. 항상 고마워, 아시다. 나츠카와랑 좀 더 꽁냥거려도 돼."

"꼬, 꽁냥거리는 게 뭔데?! 그런 이상한 짓은 안 했잖아!"

"자각이 없나. 못 참겠군. 고마워."

"고맙다니 뭐가!"

꽁냥댄다는 걸 강조해서인지 머릿속에 아이찌와 꽁냥대는 그림이 떠올랐다. 나도 모르게 떠오른 바람직하지 않은 광경에 나까지 얼굴이 뜨거워졌다. 살짝 싫지는 않다고 느껴져서 더 부끄러웠다.

컴백, 냉정.

얼굴을 팡팡 때려 정신을 차렸다. 쑥스러워하니까 안 되는 거야……. 이러는 건 나답지 않아. 무엇보다 사죠찌랑 아이찌에게 휘둘려서 근질근질해! 지금은 진정하고…… 제대로 생각해야지.

"아니, 자기 얼굴은 안 때려도 되잖아."

"너희가 나쁜 거거든!"

나도 부드럽게 대해 주면 마음이 기운다. 설령 아이찌라고 해도 자비로운 눈으로 날 본다고 순수하게 응석 부릴 수 있는 나이도 아니다. 애 취급하지 말라며 발끈해서 쳐다봐도 쓴웃음을 지을 뿐이었다. 왠지 납득이 안 된다. 사죠찌 이야기를 하고 있었을 텐데……. 혹시 어물쩍 넘어간 건 아니지?

문득 사죠찌를 보니, 또다시 생각하는 것처럼 무릎에 시선을 떨구고 있었다. 아이찌가 말한 벌―― 과제로 사죠찌는 자기가 울린 여자와 이야기해야만 하는데…… 제대로 생각하지 않으면 안 될 정도로 난제라고 생각한다. 어색하니까.

사죠찌에겐 미안하지만, 오늘은 두 사람의 새로운 면을 본 것 같아서 기뻤다.

6장 ♥ 〈⋯⋯⋯⋯〉 ♥ 다음에 또 봐

　나에겐 벌이 있다. 왜냐하면 전에 야마자키에 의해 심야에 스마트폰의 끝없는 알림 때문에 깨서, 그 복수로 계정 아이콘과 이름을 호러 계열의 것으로 바꾸고 설정을 돌려놓는 걸 잊어버려 나츠카와를 겁먹게 만들어버렸기 때문에. 나츠카와보다 아시다느님이 더 무서웠다. 그 벌로 어떤 봉사활동을 요구할 줄 알았는데…….

　이치노세 일은 처음부터 어떻게든 손써야 한다고 생각하고 있었다. 나츠카와나 아시다와 상담하지 않았다고 하더라도 말이다. 결국 한 번은 부딪칠 일이었는데, 어떡하지 어떡하지 하며 수수방관했다.

　내 배려가 부족했던 것은 둘째치고, 이치노세가 엎드려 빌면서까지 아르바이트를 그만두고 싶지 않다고 한 이유──원래라면 차분히 신뢰를 얻은 뒤에 물어봐야 하는 사안일지 몰라도, 이치노세 같은 타입에게는 다소의 강제성도 필요할지도 모른다. 나츠카와가 그 일을 '벌'로 줘서 주저하던 마음이 전면에 나온 것처럼 느껴졌다.

　"미안해, 왠지 분위기를 무겁게 만들어서."

　"깜짝 놀랐지만…… 어떻게든 될 것 같으면, 뭐…….

　"더는 엎드려서 못 빌게 해."

"그만해 주십시오."

"아…….."

아시다가 내 마음에 고통을 주는 말을 했다. 말 안 해도 똑같은 일을 반복할까 보냐.

그렇게 마음을 다지고 있으니, 나츠카와가 몸을 움직여 무릎 위에서 떨어질 듯이 있는 아이리를 휙 다시 안았다.

"아이리, 지금 자도 괜찮아?"

"조금 더 자도 괜찮아. 오늘은 아직 낮잠을 안 잤으니까……."

"아이…… 엄청 신나게 놀았지. 그런 느낌으로 뛰어노는 걸 매일 받아주는 아이찌는 역시 대단해."

"나츠카와의 운동신경이 좋은 건 타고난 게 아니었구나."

"그만해~, 나 형편없잖아."

부활동을 안 하는 나츠카와의 운동신경이 너무 좋아서 초조하다는 말을 아시다에게서 들은 적이 있다. 그렇지 않아도 나츠카와는 중학생 때부터 금욕적인 부분이 있으니, 사실 체력 유지 같은 것에도 신경 쓰고 있을지도 모른다.

"뭐…… 운동이 되는 건 확실하지."

"그렇다면 또 불러줘! 힘이 되어줄 테니까!"

"저, 정말……?"

"일주일에 네 번 정도 오면 될까!"

"그렇게 안 와도 괜찮아!"

젠장…… 나도 여자였으면 마음 편하게 갈 수 있을 텐데……!

이럴 때 아시다가 부러워진다. 부모님의 눈 같은 건 신경 쓰지 않고 집에 갈 수 있으니까. 나도 여자가 되어서 '안녕~'이라고 말하면서 뿅 하고 안겨보고 싶다. 등신대의 내가 안기는 광경이 떠올랐다. 네, 지금 머릿속에서 수갑이 채워졌습니다.

"사죠찌도 오는 편이 좋겠네!"

"어?!"

바보야! 여자인 너랑 나는 사정이 다르다고! 가벼운 마음으로 나츠카와네 집에 가보라고?! 당연히 나츠카와의 아버지가 서재로 데려가서 '딸이랑은 무슨 사이인가?'라며 힐문하겠지! 수명이 줄어든다고!

"……아……."

"……아?"

뭔가를 말하려다 마는 나츠카와. 아시다가 재밌다는 듯이 되물었다. 불평하고 싶지만, 이럴 때는 조용히 지켜보는 게 좋다고 내 경험이 말해줬다.

"———아이리를…… 제대로 못 안으면 안 돼……."

"……."

어…… 그러니까, 뭐?

어라? 뭐야 이 파괴력은. 조건을 단 건가? 말도 안 돼, 이런데 날 좋아하지 않다니, 현실은 너무 잔혹하지 않아? 나츠카와가 너무 귀여워서 똑바로 볼 수가 없는데. 게다가 사실 나츠카와의 향기에 감싸인 이 공간에 있는 시점부터 이미 한계인데? 난 이 이상 뭘 참으면 되는 거지……?

"……."

"……잠깐이면."

"뭐, 뭐야……."

소파 뒤로 손을 돌린 아시다가 쿡쿡 찔렀다. '아니, 그건 아니지~'라고 말하고 싶어 하는 듯한 눈으로 날 보고 있었다. 사이에 나츠카와가 있어서인지 전부 말할 생각은 없는 듯했다. 딱히 이상하게 신경 안 써도 괜찮은데…….

"아, 알았어…… 안을게."

동요한 나머지 표현을 잘못했을지도 모르겠다. 내가 무슨 날라리인가.

흠칫거리면서 오른쪽을 보니, 아시다는 확 깼다는 얼굴로 날 보고 있었다. 왜 넌 이치노세 건보다 더 싫어하는 거냐. 말이 그렇다는 거지.

한편, 나츠카와는 조금 매서운 눈으로 날 봤다. 아, 아닌데? 딱히 그런 이상한 뜻으로 말한 게 아닌데?

"…………할 수 있어?"

다행히도 정곡을 찌르는 방향으로 받아들이지 않은 나

츠카와. 그래도 내 표현이 가벼워 보였는지 뾰로통한 얼굴로 날 들여다봤다. 아이리가 관련되면 봐줄 생각은 없는 모양이다. 그보다 좀 떨어져 주시지 않겠습니까. 무심코 프러포즈할 것 같아요.

"……뭐. 아이리를 안고 있는 나츠카와를 계속 봤으니까."

"……웃………."

"나츠카와……?"

"아, 아무것도 아니야…… 아무것도 아니니까!"

"어, 어어……."

전에 아이리를 안았을 때의 일을 생각하면서 대답하니, 딱딱한 표정을 짓고 있던 나츠카와가 얼굴을 돌렸다. 이게 당근과 채찍이라는 건가……. 아마 앞으로도 난 계속 나츠카와에게 꼼짝 못 하겠지. 아시다는 그 짜증 나는 히죽거리는 표정 그만 지어.

"그, 그럼……… 자."

"어, 잠깐만? 빠르네, 우오오……."

아이리의 양 겨드랑이를 안은 나츠카와가 나에게 아이리를 획 넘겼다. 나에게 획 내밀어진 아이리가 "으응?"이라며 눈을 떴다. 어, 그렇게 거친 느낌으로 해도 괜찮아? 좀 더 부드럽고 신중하게 줄줄 알았는데. 웃차차…….

"……웃…… 차."

"으음……."

"……."

능숙하게 안았다. 요령은 전에 배웠으니까 괜찮다. 앉은 채로 안는 건 난도가 조금 높아서 일어서서 다시 안았다. 어라, 혹시 전에 왔을 때보다 키가 조금 컸나……? 나이에 비해 몸집이 작다고 들었는데, 늦게 크는 타입일지도 모르겠다. 그렇지 않다고 해도 앞으로 10년은 성장기이지만.

잘 안았는지 확인하려고 고개를 드니, 스마트폰을 이쪽을 향해 쥐고 있는 아시다가 맨 먼저 눈에 들어왔다.

"야 아시다── 어, 나츠카와도?"

불평하려는 순간에 나츠카와가 스마트폰을 들었다. 잠깐만? 평가는? 이거 안기라는 명목의 무슨 시험 아니었어? 왜 갑자기 촬영회가 시작된 거냐.

"어이쿠……."

팔 안에서 아이리가 몸을 조금 비틀었다. 어딘가 안정감이 없는 걸지도 모르겠다.

"……좀 더 아이리를 쓰다듬어줘."

"어, 어어……."

그 말을 듣고 나츠카와가 안고 있을 때의 광경을 떠올렸다.

그러고 보니 나츠카와도 통통 튀기거나 흔들거나 쓰다듬는 등 여러 가지를 했었지. 힘 조절이 어려울 것 같다. 세게 하면 요람이라기보다는 작은 놀이기구가 되니까. 자,

착하지, 착하지.

"응, 그런 느낌."

"그런가── 어?"

"어?"

나도 모르게 아시다와 동시에 소리가 나왔다. 달콤한 향기와 함께 훅 다가온 나츠카와. 내 정면에 오더니, 마치 스스로 안는 것처럼 아이리를 쓰다듬기 시작했다. 나츠카와와 샌드위치가 되어 2중 안기 상태가 되었다. 잠깐, 거리 가까워…….

저기, 나츠카와 씨……? 상태를 살펴봤는데 나츠카와는 나와의 거리 같은 건 안중에도 없는 것 같다. 내 가슴과 아이리 사이에 끼인 나츠카와의 손이 간지러워서 참을 수가 없다. 도움을 청하려고 아시다를 보니 손가락을 물고 이쪽을 보고 있었다. 저 자식…… 부러워하고 자빠졌어……!

아시다는 내 시선을 눈치채더니 손가락을 삭 내리고 타하하 하고 웃었다. 아무래도 도와줄 생각은 없는 것 같다. 섣불리 움직이면 나츠카와의 몸을 만지게 될지도 모른다. 내 인내는 이어진다. 이 한계의 저편에는 무엇이 기다리고 있을까. 프로젝트X───

"야, 야~ 아이찌~, 날 내버려 두고 가지 마~."

"……어── 엣?! 어라?! 나, 나……."

"사죠찌가 한계니까 원래대로 돌아가자?"

"——?! 앗…… 아………."

눈앞에 있는 나츠카와와 눈이 맞았다. 반짝반짝한 눈동자와 매끄러운 피부에 홀딱 반했다기보다는 예술을 느꼈다. 난 지금 미래의 인간 국보를 목전에서 직접 본 걸지도 모른다.

영원히 볼 수 있어! 그렇게 의기양양해진 것도 잠시, 나츠카와가 체중계에 올라갔을 때의 누나처럼 충격을 받은 표정을 지어 단번에 기가 죽었다.

"맨다리 킥."

어째서냐, 아시다.

◆

어떻게든 평정심을 가장할 수 있을 정도까지는 자신을 되찾았다. 조금 떨어진 곳에서 나츠카와가 안절부절못하며 이쪽을 보고 있었다. 이 상태가 몇 분이나 이어졌고 적당히 무시하는 법을 배웠다. 아시다는 소파에 앉은 채로 카메라맨처럼 나에게 각도를 요구하며 스마트폰의 플래시를 펑펑 터뜨렸다.

나츠카와가 빈 유리컵을 발견하고 부엌으로 향했다. 그 틈을 봐서 아시다를 원망했다.

"……야 좀."

"미안하다니깐."

이 뭐라 형언할 수 없는 상황에 혼자만 너무 자유롭잖아. 천사 같은 아이리의 목숨을 맡고, 여신 나츠카와가 계속 지켜본다는 인생의 절정기에 발광하지 않도록 계속 버티고 있는데 뭐 하는 짓이야.

"……일찍 잠든다 싶었는데, 시계를 보니까 그렇지도 않네."

"아, 진짜다. 3시부터 4시는 꽤나 다르지."

"저녁이라는 느낌이 확 늘지."

바깥에서 비치는 빛은 노란색을 띠기 시작했다. 아이리의 폭신폭신한 볼에 반사되는 빛도 아까 전과는 달라져 있었다. 손끝으로 찔러보고 싶어졌지만, 나츠카와에게 들키면 위험할 것 같아서 그만뒀다.

"저기, 아이리 깨워줄래? 너무 자면 밤에 못 자니까."

돌아온 나츠카와가 아이리를 깨우라고 부탁했다. 어떻게할까 망설였지만, 그냥 흔들어서 깨우기로 했다.

"얘~ 아이리, 일어나~."

"……우웅……….."

"밤에 잠 못자게 된다~."

"……."

"어라, 이거 혹시 어려운 거야?"

"그럴지도."

아시다와 얼굴을 마주 보고 쓴웃음. 아이리를 깨우지 않도록 엄청 신경 썼는데, 좀 더 소란스러워도 괜찮았을 것 같은 느낌이 든다. 나츠카와에게 시선을 보내니, "어쩔 수 없네……"라며 어딘지 기쁜 듯이 다가왔다. 이 순간이 가장 행복합니다.

"자, 이리 줘."

"네."

"사죠찌, 얼굴."

나츠카와가 내 가슴과 아이리 사이에 손가락을 슥 미끄러뜨리는 감촉에 이성을 잃을 뻔했다. 나도 모르는 사이에 아시다의 날카로운 지적을 받았다. 아이리가 자고 있어서 다행이야…….

"에흑."

정신 차리고 보니 아이리는 내 옷을 꼭 잡고 있었던 모양이다. 나츠카와에게 비교적 억지로 들어 올려진 아이리가 획 떨어지는 기세로 귀여운 소리를 냈다. 아시다, 왜 동영상 안 찍고 있는 거냐. 넌 그게 문제라고.

나츠카와는 아이리를 식탁이 있는 곳까지 데려가 보통 목제 의자에 앉혔다. 팔걸이도 있으니…… 위험하지는, 않나……?

"그거, 괜찮은 거야?"

"이 의자는 딱딱하니까. 불편해서 금방 일어날 거야."

"아이찌 가문 특유의 방식이네."

"아이찌 가문은 또 뭐야."

벌써 효과가 있는지, 아이리는 불만스러운 목소리를 흘리면서 딱딱한 의자 위에서 꿈틀거리기 시작했다. 그렇군, 저러면 확실히 자연스럽게 일어날 것 같다. 가정의 지혜구나.

"아이가 일어나면 집에 갈까요."

"그렇네. 잠든 채로 헤어지는 건 섭섭하니까."

"아…… 저기."

열심히 했다. 오늘의 나는 노력했다. 스스로 말하는 것도 좀 그렇지만, 지금쯤이 적당한 때일 것이다. 무엇보다 부모님이 돌아오시기 전에 물러나고 싶다. 나츠카와의 집은 아직도 벽이 너무 높다. 마왕성을 공략하기에는 아직 장비가 부족하다. 적어도 아시다를 깰 정도로 레벨업 해야 한다.

"저기…… 고마워, 둘 다."

"신경 쓰지 마! 다음엔 자고 가도 돼~?"

"괘, 괜찮겠어……?"

"어? 응. 오히려 자고 가게 해줬으면 좋겠는데?"

부럽다. 순수하게 아시다가 부럽다. 저 얼굴은 나츠카와와 아이리 사이에 껴서 자고 싶다는 얼굴이다. 긴장 같은 건 전혀 하지 않고 나츠카와랑 꽁냥거릴 수 있겠지…… 젠장, 나도 여자로 태어났으면 마음 편하게 파자마 파티할 수 있었을 텐데.

"사죠찌도 자고 갈래~?"

"죽을 거야."

"아니, 안 죽어."

놀릴 생각으로 말했겠지만 웃을 일이 아니다. 죽을 거라고. 만약 내가 진짜로 나츠카와네 집에 묵으러 간다고 치자? 나츠카와의 아버지에게 방 안내를 받겠지? 실컷 혼나겠지? 아버지의 침대 옆 바닥에서 자게 되겠지? 아버지의 청춘 시절 이야기를 듣게 되겠지? 아마 도중에 잠들고 영원히 눈을 못 뜨게 될 거야.

"뭐, 그렇네…… 아이리의 파워풀함에 질 것 같으면 불러줘. 또 장난감이 되어줄 테니까."

"자, 장난감은 안 돼도 괜찮아."

"누나 때문에 익숙해져 있으니까."

"훗…… 뭐야 그게."

"……읏……."

갑작스러운 환한 미소. 나츠카와를 웃게 만들어 더할 나위 없는 기쁨을 느꼈다.

누나 소재인가? 누나 소재인 건가? 그거라면 나츠카와가 웃어주는 건가? 이야깃거리 좀 쌓아둘까……── 어라, 생각보다 잔뜩 있네. 누나와의 에피소드가 무진장 많은데. 난 얼마나 트라우마를 안고 있는 거야.

"——우웅…… 언니………."

"오."

"아! 아이리 일어났다."

나츠카와의 말대로 아이리에게 식당의 의자는 딱딱해서 불편한 모양이다. 나츠카와를 찾고 있는지 아이리는 눈을 감은 채로 손을 이리저리 더듬었다.

피식 웃은 나츠카와가 가려고 하니 나츠카와보다 먼저 아시다가 움직였다.

"제가 갑니다~."

"아! 케이!"

너무 빠른 나머지 나츠카와도 움직이지 못했다. 한편 난 아시다가 손가락을 빨던 모습을 떠올렸다. 아시다 너…… 안고 싶었구나. 그러고 보니 내가 온 뒤로 아시다는 뒷전이었나.

"아이~!"

"으에……?!"

힘차게 들어 올려진 아이리는 아시다가 '높다 높다'를 해서 놀랐다. 나츠카와도 아시다도 생각보다 신중하지 않네……. 나츠카와는 익숙하다고 쳐도 아시다는 괜찮을까.

"나야~! 케이야~!"

"언니……."

"케이도 참……."

"자~ 높다 높아~!"

"얘, 너무 격해."

한바탕 오르락내리락한 아이리는 아시다가 눈앞에 데려오자 무슨 일어났는지 모르는 눈치로 눈을 깜빡이고 있었다. 뭐, 자고 일어났는데 '높다 높다' 하면 그렇게 되겠지…… 심장에 안 좋을 것 같다.

"마지막으로 꼬옥~."

"우웅……."

다른 사람에게는 실컷 참지 말라는 둥 뭐라는 둥 말했으면서 아시다가 가장 많이 참은 모양이다. 평소 자유로워 보이고 주위를 잘 보는 게 아시다지만, 이렇게까지 자신의 욕구에 솔직한 아시다는 처음 봤다.

위험하지 않다고 보는 건지 나츠카와는 다가가려 하지 않았다. 게다가 아시다도 같이 돌보는 듯이 자비로운 눈으로 식당 쪽을 보고 있었다. 태어나서 가장 먼저 보고 싶은 얼굴 넘버 원.

"내가 아시다의 영역을 빼앗았다는 느낌인가?"

"전에는 케이랑 쭉 붙어있었으니까……."

"그렇겠지."

아시다가 아이를 싫어할 거라는 생각은 전혀 들지 않았다. 나보다 먼저 아이리와 알고 지냈다면, 아이리 입장에서 아시다는 가끔 놀아주는 착한 언니일 것이다.

그렇다고 해도 아시다의 인상만 남긴 채로 끝내는 깃도 석연치 않으니 마지막에 얼굴만 비추기로 했다. 가까이 다가가니 아시다가 안 넘겨줄 듯이 위협했다.

"바이바이, 아이리. 언젠가 또 보자."

"흐에……?"

"어…… 사죠찌, 이르지 않아?"

"………아니 그, 부모님 돌아오시면 어색하잖아."

"쫄보."

"시끄러워."

작은 소리로 하는 대화. 아시다가 뭐라고 한들 부모님은 영 좋지 않다. 뭐가 영 좋지 않냐 하면 부모님이 안 계실 때 남자가 집에 들어와 있는 상황이 영 좋지 않은 것이다. 내가 나츠카와의 아버지였으면 흥신소에 의뢰해서 주소와 행적까지 파악한다. 원래라면 아마 특별한 사이가 아니더라도 처음 뵙겠습니다, 라며 인사해야겠지.

"우웅, 사죠~."

"응?"

"으~……."

"또 보자."

아시다에게 안긴 채로 손을 뻗어오는 아이리. 인사한 순간에 불만스러운 표정을 짓는 게 귀엽다. 이대로 안아주고 싶다. 하지만 그러면 끝이 없으니 악수하는 정도로 끝내뒀다.

"저기, 집에 가는 거야……?"

"일어났으니까. 슬슬 가볼게."

"응…… 저기, 미안해. 아르바이트 끝난 시간에……."

"아냐 아냐, 원래 그렇게 체력적으로 지치는 일이 아니니까."

"하지만, 그렇잖아? 아르바이트하는 곳의 아이랑은……."

"……뭐. 벌이잖아. 이대로 있으면 거북하니까 내일 어떻게든 할게."

"그래…… 그럼 괜찮겠네."

약속은 제대로 지킬 것이라 전하자 나츠카와는 부드럽게 미소 지었다. 새삼스럽게 나츠카와가 이렇게 웃어줄 날이 올 줄은 몰랐다. 환경의 변화라던가, 아시다와의 만남이라던가, 여러 요소가 겹쳐서 지금이 있는 거겠지. 사랑은 끝나버렸지만, 그래도 축복받았다고 생각했다.

아시다도 지금 집으로 돌아갈 모양이다. 나와는 달리 부모님 앞에서 긴장하지는 않을 것 같으니 좀 더 남아 있어도 좋을 것 같지만…… 이대로 있으면 타이밍을 놓친다고 말했다.

현관까지 가니 나츠카와의 손에 이끌려 아이리도 아장아장 따라왔다. 눈이 말똥말똥하다. 아시다가 졸음을 쫓은 게 강렬한 효과를 보인 것 같다. 그건 분명 몸에 좋지 않을 것이다.

"그럼——."

"사죠~!"

"오우?!"

나츠카와의 손에서 벗어나 내 다리에 달려드는 아이리. 귀여워……. 큭…… 버텨라, 나……! 이대로라면 아이리를 데리고 집에 갈 것만 같다! 지금 분명 표정 이상할 거야……!

"참…… 자, 아이리."

"우~!"

나츠카와가 아이리를 들어 올리고 달래기 시작했다. 그렇게까지 섭섭하게 생각해준다면 완전 영광이다. 옛날에 놀이공원의 폐장 시간이 다가왔을 때, 나도 똑같이 됐던 걸 떠올렸다. 엄청 섭섭한 느낌이었지, 그건.

"그럼, 또 메시지로?"

"그렇네. 또 얘기하자."

"아이리도."

"아…… 응."

아이리와는 나츠카와를 통해 또 이야기할 수 있다……. 잠깐만? 아주 당연하다는 듯이 나츠카와와 대화한다는 전제가 깔려 있는데, 사실은 난도 높지 않은가? 아니, 지금은 그룹에 아시다도 있으니, 그 흐름으로 대화하면 그렇게까지 어려운 일은 아닌가. 이상하다…… 왜 접근하던 때보다 나

츠카와와의 거리가 가까워졌지……? 나츠카와네 집에 갔
으면서 새삼스러운 이야기일진 몰라도. 아니, 좋긴 하지만.

이상한 현상에 의아해하고 있으니, 옆에 있던 아시다가
몸을 돌려 양팔을 활짝 벌렸다.

"──좋아! 그럼 다음은 나한테 달려들 차례지?!"

"흐에……?"

"엑."

집에 가자, 아시다.

7장 ♥ ⟨⟩ ♥ 그녀의 진의

한여름이다. 아직 아침인데도 매미는 일을 시작해 계절감을 과하게 강화했다. 도발하는 듯한 울음소리에 화가 난 나머지 나도 아주 가까이에서 절규해주고 싶은 기분이 들었다. 이 세상에 체면이나 경찰 같은 게 존재하지 않았다면 분명 저질렀겠지. 이젠 한두 명쯤에게 손가락질당해도 아무렇지 않다.

하지만 늘어질 듯이 더운 것 치고는 몸이 가볍게 느껴졌다. 어제는 자신도 실감할 수 있을 정도로 정신적으로 피곤해서 밤 10시쯤에는 이미 자고 있었으니……. 실제로 졸리기도 했고. 피로가 잘 풀린 것 같아 다행이다.

그건 제쳐두고 아르바이트다. 설마 이치노세와의 사건에 나츠카와가 '벌'인가 뭔가를 쓸 줄은 몰랐다. 지금까지 경험한 적 없는 이상 사태, 그리고 아르바이트도 여름방학 한정으로 한다는 점에서 이치노세와의 일은 마음속 어딘가에서 반쯤 포기하고 있었는데, 그런 차에 격려받았다. 뭐, 그걸 벌로 대신하는 건 불성실한 느낌도 들지만, 결과만 좋으면 되지, 응.

……아니, 상당히 안 좋은 거 아냐? 나츠카와가 그렇게 말하지 않았다면 지금도 구시렁거리고 있었을 테니, 오히

려 나츠카와 아이카 님의 은혜를 받았다는 느낌이군. 땡큐 여신, 다음에 나츠카와네의 우편함에 5엔 동전을 던져 둘게. (※문제 사안)

고가도로 아래를 따라 가능한 한 그늘진 부분으로 걸었다. 그늘도 후끈한 습기가 있는 건 마찬가지였지만, 땡볕 아래를 걷는 것보다는 나았다. 요즘엔 운동을 별로 안 하니, 언제 일사병이니 뭐니 하는 것에 걸릴지 모른다. 조심해야지…….

"………들어가고 싶지 않아."

한산한 거리에 있는 헌책방. 이치노세는 분명 벌써 와있을 것이다. 어제도 그랬고, 평소 내가 교실에 들어가면 이미 자리에 앉아 책벌레가 되어 있는 게 일상이었으니까.

'──「내일 그 아이에게서 이야기를 들을 것」. 그게 네 벌이야.'

"………하아."

아아, 여신이시여.

◆

헌책방에 들어가 안쪽으로 가니 이치노세가 이미 와 있었다. 고정 NPC가 아닐까 싶을 정도로 어제와 똑같은 풍경이었다. 굳이 다른 점이 있다고 한다면 이미 이마를 내놓고 있다는 점이려나. 이치노세는 나타난 나를 보고 인식하자마자 전류가 흐른 것처럼 굳어서 움직이지 않게 되었다. 뭐지? 한눈에 반해버렸나? 하핫, 긴장한 건가. 살짝 핏기가 가셨구나! 허세가 멈추지 않는구나!

"……안녕, 이치노세."

"아, 네……! 안녕하세요."

"저기…… 그렇게 긴장 안 해도 돼. 어제는 진짜 미안."

"아, 네……."

이거 틀렸군. 사과했다고 해도 어제 일어난 일이고, 평범하게 대화하는 건 힘든가. 지금은 되도록 밝게 행동해서 이치노세에게 별생각 없다는 걸 어필해야 해…… 할 수 있을까? 이상한 손님이 안 오게 해주세요…….

"밖에 점장님 없었는데, 어디 있는지 알아……?"

"아…… 그, 2층에 갔어요."

"오케이. 알았어, 고마워."

오케이, 한 번 떨어지자. 작은 휴식. 이런 일을 할 때 처음부터 한 번에 거리를 좁히는 건 리스크가 크다. 알레르기 치료와 똑같다. 조금씩 익숙해지고 최종적으로는 아무렇지도 않게 되는 것이다. 사죠 알레르기 극적인 탄생 나우. 낫지 않으면 불치병이겠군.

거주공간으로 가는 계단을 올라가는 도중에 멋대로 올라갈 수는 없으니 적당한 목소리로 "안녕하세요~"라고 하며 출근 선언. 안쪽에서 "어어~" 하는 소리가 들린 뒤에 "안녕, 사죠 씨"라는 목소리가 돌아왔다. 이럴 때는 할아버지라면 몰라도 사모님은 착실해서 보통 얼굴을 비추는데, 이번에는 대답만 받았으니 분명 화장하는 중이었을 것이다. 오호호호, 타이밍이 나빠 실례했네요.

항상 쓰는 선반에서 종업원용 앞치마를 꺼냈다. 이제 언제든지 접객할 수 있는 상태다.

문득 옆을 보니 할 일이 없는 이치노세가 어쩔 줄 몰라 하고 있었다.

"아직 가게 문 안 여니까 밖에서 느긋하게 헌책 정리라도 할까."

"아…… 네, 넵……!"

오, 오오……? 더듬거리긴 해도 어제보다 대답을 잘한다. 뭔가를 개선하려는 노력이 엿보인다. 역시 엎드려 빈 보람이 있네……. 떠올렸더니 심장이 아파졌다. 별로 생각하지 않도록 하자.

다만 지금의 이치노세를 보고 있으면 아시다가 한 말이 떠오른다. '힘들면 그만두면 되잖아'라는 말이. 타당하다고 생각한다. 그런데 그런 짓을 해서까지 오늘도 다시 출근한 것을 보면, 지금은 뭔가 물러설 수 없는 이유가 있을 것이라는 생각이 든다.

아직 가게를 열기 전인데 어제보다 기민하게 움직이는

이치노세…… 아니, 응, 솔직히 여기저기 돌아다니는 이치노세한테서 귀여운 의성어밖에 안 들려. 타라쨩*이 달릴 때의 소리가 들린다.

시선 끝, 책장 가장 윗단에 눈에 띄는 색의 책 한 권이 눈에 들어왔다. 명백하게 이상한 곳에 있었다. 아마 손님이 사려고 빼 들었다가 결국 사지 않고 아무 곳에나 꽂아둔 걸 거다.

똑바로 꽂으러 가려고 하니, 이치노세가 똑같은 곳을 보고 "앗" 하고 소리를 냈다. 나보다 먼저 달려가 그곳을 향해 손을 뻗어―― 아니 아니, 안 닿잖아. 그렇게 열심히 뻗어도 부족한 건 부족하다니깐.

"앗?!"

"잠깐――!"

살짝 뛰어서 잡으려고 한 이치노세. 그때 아랫단의 책에 손을 짚었지만, 그 책이 충격으로 옆으로 미끄러지고 말았다. 이치노세의 자세가 확 무너진 것을 보고 무의식중에 미끄러지듯이 들어가 넘어지는 몸을 받치려 했다.

"괘, 괜찮아? 이치노세?!"

"――읏?!"

어떻게든 딱딱한 바닥에 넘어지기 전에 잡을 수 있었다.

---

*후구타 타라오. 〈사자에상〉의 등장인물. 걸어 다닐 때마다 나는 수수께끼의 뾰로롱거리는 효과음으로 유명하다

가벼워라…… 뭐야, 이 가벼움은! 여자와 TANITA*의 적이구나?! 너 과자 먹어도 살 안 찌는 체질이지?! 그런 건 내가 용서하지 않을 거라고?!

………아니, 진짜 가볍네. 여자는 다들 이런 느낌이야? 아마 중학교 때의 수험기간 무렵에 맨 더럽게 빵빵한 가방보다 가벼울 거야.

"아, 저기……! 괜찮……으니까요………."

"아, 응."

이치노세는 허둥지둥 황급히 나에게서 벗어나려고 미끄러지듯이 떨어졌다.

그…… 뭐랄까, 이치노세를 보고 있으면 접촉해도 부정한 감정은 안 생기는구나. 죄악감 때문일까, 아니면 단순히 보호본능을 일으키는 느낌의 외모가 원인인가…….

"높은 곳은 내가 할 테니까 여유 있는 단부터 순서대로 해나가자."

"네, 네에에……."

가냘픈 목소리로 하는 대답. 음~, 어제로 되돌아갔나. 초장부터 한 번에 기가 꺾였다고 해야 할까 꺾어버렸다 해야 할까……. 뭐, 의욕은 있는 것 같으니 아직 만회는 할 수 있겠지. 애초에 접객 외에는 그렇게 걱정 안 하고 있으니까. 응, 열심히 배워나가자.

---

*일본의 정밀기기 제조업체. 체중계와 체지방 측정계로 유명하다

아니, 그게 아니라고. 그쪽도 중요하지만.

"……."

"……."

그 뒤로 말없이 작업이 진행되었다. 매번 책이 어질러져 있는 건 아니라 책장 정리 따위는 금방 끝나는 때도 있다. 오늘이 바로 그런 때군. 주초에는 손님의 발길이 뜸하다. 다들 사고 싶은 건 주말에 사는구나. 평일의 헌책방은 파리조차 안 날릴 정도로 조용하다. 역시 뭔가 BGM이 있는 편이 좋지 않을까…….

"개점 시간이네. 밖에 표찰 뒤집고 올게."

"아……! 제가……."

"응, 그럼 부탁할게."

부탁하니 이치노세는 분발하여 헌책방 바깥으로 향했다. 하지만 뭘까, 어째 총총 뛰는 동작에서 뿅뿅 하는 의성어가 들리는 듯한……. 뭐지, 이 감정은? 설마…… 이것이 부성……?

정신을 가다듬자. 개점이다. 말 안 해도 이치노세는 열심히 하겠지만, 이상한 손님이 온다면 나도 신경을 써야만 한다. 어설프게 다루면 감정을 폭발시키는 점은 폭탄과 마찬가지니까. 이쪽이 고등학생인 줄 알고 자신의 시시한 일상의 분풀이를 하니까. 그 열정을 다른 곳에 쓰란 말이다——— 안 된다 안 돼, 냉정해져야 한다.

접객의 어려움을 생각하고 있으니 계산대 뒤편에서 할아버지가 다가왔다.

"하고 있냐."

"점장님. 뭐…… 네, 잘하는 것 같아요. 아직 초반이고."

"아무 일도 없었으면 좋겠는데……."

낮은 톤으로 물어보는 할아버지. 평소에 목소리가 큰 사람이 톤을 낮춰도 보통 음량이란 말이지. 뭐, 이치노세는 밖에 갔으니까 괜찮지만. 그보다 아마도 이치노세가 점장님의 성격에 더 익숙해져 있으려나. 원래 단골이니까.

그런 생각을 하고 있으니 이치노세가 돌아왔다.

"해, 했어요……."

"참 잘했어요."

"엣."

앗.

나도 모르게 이치노세를 처음으로 심부름을 성공한 아이처럼 취급해버린 사실은 무덤까지 가져가기로 하고, 일은 순조롭게 시작되었다. 이제 접객까지 할 수 있게 되면 이 아르바이트의 업무는 커버 가능하다고 봐도 좋을 것이다. 이렇게 간단한 아르바이트가 있을까? 뭐, 시급이 싸기도 하고. 사실 이치노세 같은 아르바이트 미경험자에겐 딱 맞을지도 모른다.

"어서 오세요~."

너무 크지 않은 목소리로 손님 1호를 맞이한다. 평범한 독서가 같은 아저씨. 조금 떨어진 곳에서 이치노세의 얼굴이 굳은 것을 알 수 있었다. 어제 일도 있으니 처음 몇 번은 내가 계산대를 맡는 편이 좋으려나.

감정이 끝난 중고 책을 늘어놓는 손을 멈추고 계산대로 가려고 했다. 그러자 내 앞에 이치노세가 휙 나타나 양팔을 벌리고 앞을 막았다. 어? 뭐야 그거, 좀 애 같아서 귀여운데? 아르바이트하는데 날 심쿵하게 해서 어쩌려고?

"제, 제가 할게요……."

"응?"

어, 잠깐만, 오빠 감동했는데. 이 성장한 모습 대단하지 않아? 그 이후로 정신과 시간의 방에서 수행이라도 한 걸까. 그런 게 있으면 내가 거기서 게임 하게 해줘. 사냥 시간이 너무 부족해.

파닥파닥 계산대로 가서 기합이 들어간 얼굴로 계산대에 서는 이치노세. 얼굴에서는 긴장감이 느껴졌다. 아, 손님, 사려면 빨리 가주세요. 이치노세의 긴장이 서서히 심해지기 시작했으니까.

……오, 갔다.

"……."

"……아……."

칫……! 말없이 계산대에 상품을 놓는 타입인가! 던지지

않은 것만 해도 다행일지도 모른다. 하지만 그 정도의 강도는 이치노세에겐 힘들지도 모르겠다…….

"어, 어서 오세요——— 배, 130엔이 하나…… 입니다."

오.

"오, 500엔, 받았습니다. 어, 그러니까…… 아, 잔돈 370엔입니다."

어, 잠깐만 기다려봐, 오빠는 감동했어. 성장이 대단하지 않아? (※두 번째)

진짜로 어디서 수행하고 온 거 아냐? 정신과 시간의 방이 진짜로 있었구나! 빌려줘! 공짜로 빌려달란 말은 안 할 테니까! 노래방이랑 똑같은 정도의 요금으로!

"아…… 저기."

"안녕하세요. 이 사이즈면 북 커버를 끼워주는데 어떻게 하실래요?"

"오우."

"알겠슴다~."

포장 단계에서 이치노세의 한계가 보인 걸 확인하고 바로 끼어들어 아저씨 손님에게 물었다. 오우, 라는 대답은 알 수 없는 언어이니 일단 채운 봉투 안에 책과 함께 넣어두면 불평은 하지 않는다. 자, 책과 함께 북 커버를 끼워줬다. 거짓말은 안 했다.

감삼다~, 라며 인사. 시야 끝으로 이치노세도 늦지 않고 따라온 것을 알 수 있었다. 어이어이어이어이어이 진짜 어떻게 된 거냐고. 진짜로 각성했잖아 이거!

손님이 가게에서 나가자 이치노세는 조금 원망스러운 눈으로 날 봤다.

"……왜, 왜 들어온 건가요."

"!"

지, 진짜냐…… 난 이제 필요 없는 아이야? 웃으면서 작별해도 괜찮은 거야? 지금이라면 아무 걱정 없이 그만둘 수 있을 것 같다. 어제 일을 똑같이 엎드려 절하면서 사과하고 싶을 정도다. 사람은 변할 수 있군요……!

틀렸어, 흥분해서 자중할 수 없다.

"어떻게 된 거야, 이치노세! 어제랑 전혀 다르네! 대단하잖아!"

"하왓……?!"

기세를 타고 어깨를 세게 두드릴 뻔했다. 성희롱은 절대로 안 한다는 정신. 전 신사입니다. 하지만 목소리가 컸기 때문인지 이치노세는 움찔하고 뒷걸음질 쳤다.

"무슨 대책이라도 세운 거야?!"

"아…… 그, 네……… 접객, 영상 같은 걸 보고……."

"그런 게 있어?!"

"네에에에……."

장하지 않아? 이거 장하지 않아? 신입의 귀감인가. 나무

117

랄 곳이 조금도 없어. 아이리가 아니지만, 과자 꾸러미를
주고 싶을 정도다. 어제의 나를 향해 누나에게 직접 배운
롤링 소배트를 날려주고 싶은 기분이다.

"좋네. 이 기세 그대로 접객 해나가자! 익숙함이 중요한
부분도 있으니까!"

"아, 네."

너무 기쁜 나머지 극찬하니 이치노세는 책장 정리에 돌
아간다고 말하고 나에게서 떨어졌다. 보고 있으니 작게 승
리의 포즈를 취하는 게 보였다. 아무래도 자습한 내용을
살려서 기뻤던 모양이다. 좋아…… 이건 나도 기쁘다. 나
쁠 것이 전혀 없어. 이치노세 같은 아이는 자신감을 가지
는 게 중요하니 이대로 밀고 나가면 될 것 같다.

내 격려도 효과가 있었다——— 효과가 있었다면 좋겠
지만. 이치노세는 더듬더듬 적극적으로 업무에 임하기 시
작했다. 시원시원하게 이야기하는 건 앞으로의 과제일지
몰라도 잠재력이 발휘되는 모습이 심상치 않다. 진짜 장난
아니다.

문제는 어제처럼 성가신 손님에게 대응할 수 있느냐 하
는 점인데, 그 부분은 일반적인 접객에 익숙해질 필요가 있
으니 일단 제쳐두는 게 좋을지도 모른다. 애초에 처음부터
걱정한 건 그게 아니었으니까. 나도 처음부터 상대에 따라
말투를 바꾸는 연기를 할 수 있었던 건 아니니 말이다.

나는 할아버지가 손님에게 '그러는 건 아니지', 라는 투로 호통을 치다 보니 어떻게든 해야겠다고 생각해서 그러는 거니까. 어쩔 수 없단 말이지, 이게.

"사죠 군, 미나, 슬슬 휴식에 들어가."

"예입."

휴식을 받고 뒤편으로. 거실로 가는 도중에 부엌으로 가는 사모님과 만났다. 나중에 컴퓨터 교실에 갈 모양인지 단장이 잘 되어 있었다.

"아, 사모님. 어제 말하는 걸 잊었는데요."

이치노세는 먼저 보내고, 아르바이트에서 쓰는 발판에 대해서 방금 있었던 위험한 일도 함께 이야기했다. 할아버지에게 이야기하면 그딴 건 필요 없다며 일축당하니 사모님을 같은 편으로 끌어들이는 수밖에 없다. 그건 분명 귀찮아서 그러는 것일 뿐이다.

거실로 가니 휴식 중인 이치노세는 이미 작은 가방에서 책을 꺼내고 있었다. 독서욕만은 어제와 변함없는 듯하다.

……아니, 잠깐만? 휴식은 이번 한 번뿐이니까, 이치노세와 잡담할 수 있는 타이밍은 지금밖에 없는 거 아냐? 아르바이트가 끝나면 서둘러 집으로 가는 타입인 것 같으니. 이대로라면 나츠카와에게 받은 벌을 집행할 수 없다. 큰일이다, 분명 나중에 물어보겠지? 어떻게든 해야 한다!

아~, 음~.

"이치노세, 최종적으로는 그만둘 줄 알았어."

"네?"

야 인마아아아아?! 난 무슨 소릴 하는 거냐?! 노력한 애한테 할 말이 아니지 않냐?! 거침없이 듣기 안 좋은 말을 해버렸다고?! 뭐, 진심이긴 하지만!

입을 잘못 놀린다는 건 이런 건가…… 그거다, 분명 립크림을 너무 많이 바른 거야……… 아니, 잘 생각해보니 그런 건 안 발랐어. 아침에 먹은 식빵의 마가린이 파이널 코팅이었어.

쭈뼛거리며 이치노세가 있는 쪽으로 시선을 돌리니, 거기에는 발끈한 얼굴이 있었다. 미안해. 난 아마 섬세함이 없는 걸 거야. 아침에 화장실에 전부 흘려보냈어. 왼쪽으로 비틀었더니 흘러가버렸어.

"그만둘 수는 없어서……."

나와 눈이 마주치자 이번에는 이치노세가 눈을 돌리면서 늦게 말했다. 아무래도 그만두고 싶지 않다는 확고한 의지가 있었던 모양이다. 어제 엎드려 빈 시점에는 아직 마음이 꺾이지 않았었구나.

……으응? '그만둘 수는 없었다'? 표현이 뭔가 좀 이상하지 않았어? 역시 그만두고 싶어도 그만둘 수 없는 이유가 있었던 걸까……?

'왜 그만둘 수 없었던 거야?'라고 물어보면 '왜 너한테 말해야 하는 건데, 아앙?'이라고 할 테고……. 좀 더 자연스럽게 물어볼 방법은 없을까……. 일단 얕은 부분부터 파내려가는 수밖에 없나.

"아~ 그러니까…… 애초에 아르바이트는 왜 하려고 한 거야?"

"……."

이건가? 지원동기라고 해야 하나? 아르바이트 선배다운 질문이잖아. 면접 볼 때 할아버지에게도 이야기한 내용일 테고, 이거라면 대답하기 쉽지 않을까.

이치노세는 꺼내던 책을 원위치에 돌려놓더니 몸을 이쪽으로 향하고 고개를 숙이면서 시선을 이리저리 돌렸다.

"———자립하고 싶어서……."

"응?"

어, 지금 뭐라고 했지……? 자립하기 위해? 뭐야 그거, 대단하지 않아? 난 그런 생각 한 적도 없는데. 내가 아르바이트하는 이유는 뭐였지? 분명…… 놀기 위한 돈이 필요하니까, 였나? 쓰레기냐, 난 쓰레기인 거냐. 내면과 외면, 기적의 공동 출연.

"어? 자, 자, 자립 말인가요?"

"아, 네…… 자립이요."

다시 물어봐도 답은 똑같았다. 그렇군…… 이것이 어제 그런 말을 듣고도 그만두지 않은 이유인가. 아르바이트에 임하는 자세가 나와는 다른 것 같다. 특별한 이유라기보다는 이치노세는 아르바이트를 사회인이 생각하는 일로서 받아들이고 있는 걸지도 모르겠다. 그렇다면 사소한 일로 그만둘 수는 없다고 생각하겠지.

……아니, 하지만 우린 아직 고1인데? 꽃다운 여고생이라고? 아, 잘 생각해보니 난 여고생이 아니었다. 성정체성 장애? 시끄러워 바보야. 그냥 남고생이었다. 고릴라였다. 우호.

자립── 자기 일은 스스로 어떻게든 하자는 그런 거지. 학교의 과제나 역할 같은 그런 미적지근한 게 아니라, 그야말로 자신의 식사나 세탁 등을 하면서 자신의 생활비를 스스로 부담하는 그런 수준의 것을 말하는 거지…….

"대단하다고 생각하지만…… 빠르지 않아?"

"…….."

"……?"

작은 몸에 미덥지 못한 행동거지. 이게 나츠카와였으면 그럭저럭 납득했을지도 모르겠지만, 이치노세가 자립한다고 생각하니 아직 먼 미래의 이야기 같은 느낌이 들었다. 아니, 굳이 말하자면 아직 자립을 못 하는 게 고1 사이에선 보통이라고 생각하지만.

입을 다물고 고개를 숙이는 이치노세. 아르바이트를 시

작한 이유는 자립하기 위해서겠지만, 자립하고 싶다고 생각한 이유는 따로 있을 것 같다. 학교 관련 고민인가? 솔직히 걱정은 많아 보인다. 정말로 내가 들어서면 안 되는 영역이었을지도 모른다.

"─────……오빠와 떨어지고, 싶어서."

"……?"

어, 말해주는 거야? 게다가 들린 말이 좀 안타까운 이유인 것 같다. 오빠와 떨어지고 싶어? 어라, 오빠랑 떨어지고 싶은 거야? 그건…… 뭐랄까, 오빠에게 큰 대미지를 줄 것 같은 이유네. 지금 들은 느낌으로는 '아아, 그렇구나'라며 다른 사람 일처럼 느껴지지만, 이치노세가 내 동생이었다면 과보호를 해버릴 것만 같다. 이런 말을 듣는 날이 오다니, 너무 무섭잖아…… 여동생 같은 게 없어서 다행이다.

어라, 근데 잠깐만? '이치노세'의 오빠……?

"저기, 미안한데. 혹시 이치노세의 오빠는 3학년 선도부원 선배야……?"

"아…….”

물어보니 이치노세는 작게 반응하며 고개를 끄덕였다. 역시! 체험 입학 때의 곰 선배였구나! 겉보기에 몸집은 크지만 상냥한 얼굴로 쭉 생글생글 웃고 있었다는 인상이 있다. 솔직히 몸집이 작은 이치노세와 전혀 안 닮은 것 같은 느낌도 들지만, 이치노세가 있기에 그 곰 선배가 있다고 생각하면 그 다정한 성격도 납득이 될 것 같다.

"어, 하지만 오빠와 떨어지다니, 왜? 내가 봐도 착한 선배였으니까 안 떨어지고 마음대로 기대면 좋을 텐데."

"……."

"아~…… 그러니까? 기대고 싶어도 기댈 수 없어?"

그렇게 물어보니 이치노세는 다시 고개를 끄덕였다. 이게 또 어려운 이야기라고 해야 할까…… 이 얘기는 이제 가정 사정 이야기가 되겠지. 그렇다면 어머니에게 기대면 어떨까 하는 생각도 들지만, 다른 사정이 있을지도 모르고 긁어 부스럼 만드는 건 싫단 말이지……. 뭐, '벌'로서는 이것도 충분한 수확이겠지.

요약하면 이렇게 되겠지. 정말 좋아하는 오빠에게 기대고 싶지만 더는 기댈 수 없는 사정이 있어서 오빠와 떨어져 자립하는 수밖에 없었다. 그러니 그 정신을 기르기 위해 아르바이트를 간단히 그만둘 수는 없었다는 건가. 오오, 그럴듯하다.

"그렇구나. 이치노세가 열심히 하는 이유가 이해됐어."

'자립'이라는 거창한 말을 써서 좀 더 복잡한 사정이 있는 줄 알았는데…… 뭐야, 귀여운 이유잖아. 이치노세에게는 엄청 큰일이겠지만 '오빠와 떨어지는 것' 정도라면 누구든지 거치는 길이 아닐까. 근데 이 세상의 여동생들은 오빠를 지긋지긋하게 여긴다는 이미지가 보편적인데…….

뭐, 자신의 가족이 남에게 알려졌을 때 부끄러운가 부끄럽지 않은가의 문제인가. 곰 선배는 미남은 아니지만, 평판이 좋을 것 같고, 사사키는 치약만큼 상쾌한 미남이니까. 자랑할 수 있는 형제가 있어서 부럽다.

"———전…… 오빠가 정말 좋았어요."

"어, 음……."

"그…… 지금도, 그렇지만요———."

어, 저기요, 네? 계속 얘기하는 거야? 오빠가 좋다던가, 그렇게 적나라하게 전부 얘기 안 해줘도 괜찮은데? 아, 여자애한테 '적나라'하다고 하는 건 뭔가 야하다——— 아니 아니, 무슨 타이밍에 부정한 생각을 하는 거냐, 내 뇌는 쓰레기인가. 지금 진지한 상황이잖아? 머리를 바꿔라, 머리를.

이치노세는 고개를 약간 숙인 채로 얼굴에 그늘을 만들고 계속 이야기했다. 그건가, 나한테 얘기하는 게 아니라 혼잣말하고 있을 뿐인 건가. 혼잣말하고 싶다면 요즘엔 편리한 앱이 있어요, 이치노세 씨……!

"저기, 이치노세……?"

"집에서 책을 읽을 때는 항상 앉아있는 오빠의 다리 사이에 들어가서…… 배를 등받이 삼아서 읽고 있어요. 따뜻하고 기분 좋아서, 그게 이젠 당연한 일이 되었어요……."

뭐야 그거, 마음이 엄청 따뜻해진다. 이상적인 남매 같은 느낌이잖아. 그런 이야기를 들으면 나도 여동생이 갖고 싶어져서——— 아니 아니, 그러니까 왜 그렇게 이야기해 주는 거야? 나 싫어하는 거 아냐? 신뢰도 제로인 상대에게 말할 내용이 아니지 않아? 뭐, 귀여운 이야기지만.

"이치노세, 그……."

"어느 날, 오빠가 동급생 여자를 데리고 왔어요…… 이름이 유리 씨, 래요. 차츰 몇 번이나 그 사람과 얼굴을 맞대게 되고 오빠와 이야기할 수 있는 시간도 줄어들기 시작했어요……."

아~…… '유리 씨' 말이지? 기억하고 있는데? 같은 선도 부원이고 곰 선배가 '유리'라고 부르던 선배 맞지? 얼마 전 체험 입학 때 운반팀을 진두지휘했던 엄청 유능한 선배.

네, 기억하고 말고요. 눈앞에서 곰 선배랑 꽁냥거리기나 하고. 피로감이 4할 정도 증가한 걸 떠올렸어. 주위 사람들도 뭔가 다가가기 어려웠는지 거리를 좀 뒀으니까, 진짜로. 하지만 곰 선배도 유리 선배도 잘하고 있다는 걸 알고 있으니까 아무 말도 할 수 없단 말이지.

잠깐만, 그렇게 되면 그거잖아? 유리 선배랑 곰 선배가 꽁냥꽁냥꽁냥꽁냥대니까 이치노세가 왠지 쓸쓸해졌다는 거지?

"그래도 오빠랑 같이 있고 싶어서…… 어느 날 방과 후, 집에 돌아가서 이 마음을 오빠에게 말하자고 정했어요."

차분하게 이야기하는 이치노세. 내가 억지로 끼어들지 않는 이상은 멈출 기미가 안 보인다.

……자, 잠깐만 이 흐름 위험하지 않아? 안 좋은 예감이 들기 시작했는데요. 내 정신이 버틸 수 있나? 그보다 그건 내가 들어도 괜찮은 거야?

"집에 돌아갔더니, 가족 이외의 사람의 신발이 있었어요…… 그게…… 유리 씨의 것이라는 건 바로 알아차렸어요. 하지만 그때는 체면 같은 걸 차리고 있을 수가 없어서……."

"이치노세 스톱. 잠깐, 스톱."

"아……."

그만해, 부탁이야. 왠지 모르게 이미 이해했으니까. 그러니까 굳이 입 밖으로 낼 필요 없겠지. 일단 진정하자, 제 발로 가시밭 융단에 다이브 하러 가는 것과 마찬가지니까. 게다가 이대로 가면 내 발목을 잡은 채로 뛰어들 것만 같으니까.

"……읏………."

앗, 울 것 같은 얼굴은 그만. 어? 진짜로 울 것 같잖아. 지금 내가 이상한 거야? 괴로운 일을 굳이 말하지 않아도 괜찮은걸? 어라, 이대로 가면 영 안 좋지 않아? 이틀 연속으로 트라우마 만드는 건 싫은데.

"콜록…… 으음. 미안, 그, 가래가 목에 걸려서."

"……."

이치노세는 고개를 끄덕였다. 끄덕여버렸나~……. 이때 멈춰줬다면 좋았을 텐데.

뒷이야기를 하도록 권하니, 이치노세는 울 것 같은 얼굴에서 원래 표정으로 돌아갔다. 아무래도 이야기하는 편이 이치노세의 정신 건강에 좋을 것 같다. 그, 그렇게까지 이야기하고 싶다면 듣도록 하지! 무슨 내용이든 덤벼라……! 버텨내 주마!

"……집의 계단을 올라가 오빠의 방으로 가서 노크도 하지 않고 방문을 열어버렸어요."

한 박자 쉬고, 이번에는 약간 담담하게 이야기하기 시작한 이치노세. 기분 탓인지 눈에 빛이 사라지고 얼굴에는 그림자가 드리우기 시작했다는 느낌이 들었다. 쌓인 울분을 토해내려고 하는 것이라면, 내가 그만하라고 한 것은 토로하기 직전에 피도 눈물도 없이 제지한 것이었을지도 모르겠다. 심장이 쿵쾅쿵쾅 뛰는 게 안 멈추는데. 죽을 것 같다.

"……그, 그랬더니……… 그러니까."

"……."

"그, 그랬더니──!"

넘칠 것만 같은 것을 참는 듯이 이야기하는 이치노세. 왜 이 상황에 그렇게까지 마음을 단단히 먹고 이야기하는 건지 모르겠다. 하지만 여기까지 들어버렸으니 더는 멈출

수가 없을 것이다. 그렇다면 이젠 기도하는 수밖에 없다.

　부탁이야…… 예상이 빗나가길……! 심장이 터질 것 같아!
부디 내 마음에 안정을——!

　"유…… 유리 씨가 오빠 위에 포개져서……… 뽀…… 뽀
뽀하고 있었고………!"

　우, 우와아아아아아아아아아아아아……!!

8장 ♥ ⟨··········⟩ ♥ 할 수 있는 것, 할 수 없는 것

적나라하게——— 정말 적나라하게 이야기한 이치노세의 사정은 정말이지 뭐랄까, 내 안의 파괴충동을 자극할만한 것이었다. 인싸에 대한 분노보다 이치노세에 대한 동정심이 강했다. '오빠와 떨어지겠다'라는 계기가 완전 장난 아니잖아. NTR 계열 진짜 위험하다⋯⋯. 엄밀하게는 다르지만.

그 뒤로 이치노세는 오빠와 얼굴을 맞대기 어려워져 제대로 이야기하지 않게 되었다고 한다. 그래도 쓸쓸함은 커지기만 해서, 이대로는 안 된다, 무슨 수를 써야만 한다는 생각으로 이 헌책방에 아르바이트하러 왔다고 한다.

"자립해야만 해요."

"으, 응⋯⋯ 그렇네요."

이해했어. 내 심적으로는 예상을 훨씬 뛰어넘어 홈런이니까. 그야 그런 걸 보면 오빠에게서 떨어져야겠다고 느끼겠지. 만약 누나가 똑같은 상황에 있는 걸 직접 보거나 하면⋯⋯ 나 같으면 돈을 모아서 자취를 시작할 것이다.

아, 잠깐만, 시간이 지나니까 흥분되기 시작했어. 유리 선배는 적극적이구나⋯⋯. 학교에 있을 때부터 편린이 살짝 느꼈지만⋯⋯ 우, 우와아아아아, 곰 선배 너무 부럽다⋯⋯!

하지만 순순히 축복할 수 있는 이 느낌은 뭘까……. 역시 미남인가 아닌가는 크구나.

우오오오, 틀렸다! 일하자 일! 오늘—— 아니, 어제부터 잡념이 좀 많다! 다른 생각을 해야 해!

◆

그 이후 이치노세의 일솜씨는 정말 훌륭했고 기민하게 종종거리며 움직였다. 미안해, 보고 있으면 흐뭇해져.

이치노세의 자립——— 자립과는 좀 다를지도 모르지만, '오빠와 떨어지겠다'라는 각오가 어떤지는 파악했다. 완전히 빠져들었다고 해야 할까, 이치노세에 대한 안 좋은 감정은 예상을 훨씬 뛰어넘는 에피소드에 의해 전부 날아갔다. 그런 이야기를 들었으니 이치노세가 꼭 오빠에게서 벗어났으면 한다. 그러지 못하면 너무 괴롭잖아…….

뭔가 묘한 연대감도 생긴 듯한 기분이 들었다. 곰 선배 일은 축복하고 있지만, 한편으로 '오빠 이 자식!'이라는 마음이 있는 것도 확실하다. 아마 그런 마음이 이치노세와 공통분모가 된 것 같다.

"역시 접객이려나."

"접객……."

불쑥 흘린 말에 이치노세가 움찔하고 반응했다. 어제의

이상한── 이제 상관없나, 뛰룩뛰룩하고 기분 나쁜 아저씨의 트라우마가 아직 남아 있을 것이다. 그건 특히 기분 나빴으니 어쩔 수 없지만, 그래도 안 좋은 느낌이 드는 손님이 가끔 있긴 있다.

"가까이에서 대하는 게 제일이니……. 그럴듯한 손님이 오면 내가 대응할 테니 어느 정도 익숙해질 때까지 지켜볼까."

이 기세라면 숙달될 때까지 시간이 그렇게 많이 안 걸릴 것이다. 단순히 그냥 아르바이트를 시작한 것이라면 몰라도 그만한 이유가 있어서 계속한다는 각오가 있다면 '어, 그래…… 뭐 그렇다면'이라고 말해줄 정도로는 응원할 수 있다. 그건 그렇고 지적하기 어려워졌다는 건 부정할 수 없다. 뭐, 오늘은 썩 잘하고 있는 것 같으니 괜찮지만.

"아…… 사──, 손님."

"어? 아아 어서오세──"

이치노세가 '손님'이 아니라 '사람'이라 말할 뻔했는지 고쳐 말하면서 내 뒤를 가리켰다. 손님이 왔으면 인사해야 한다고 생각하여 뒤를 돌아봤지만, 얼굴을 보고 나도 모르게 말문이 막혔다. 그러고 보니 이전의 체험 입학 이후로 한 번도 안 왔었구나, 하고 생각하며 다시 말을 걸었다.

"어서 와. 사사키 씨."

"아, 그……… 네."

뭐지? 이치노세 때문인가? 왠지 거북해 보이는데?

사사키 씨가 엄청 머뭇거리는 느낌으로 천천히 다가왔다. 전에 만났을 때 무슨 일 있었나……? 평범하게 헤어지지 않았나? 여전히 외모가 어른스럽단 말이지, 이 외모에 아직 중학생이라고. 믿기지가── 아……….

중학생이라는 걸 알아서 엄청 스스럼없이 말을 걸어버렸다. 전에는 여대생인 줄 알아서 엄청 정중하게 이야기했는데. 이렇게 태도가 갑자기 확 바뀌었으니, 사사키 씨가 보기에는……. 갑자기 연상 행세한다고 오해하지 않았으면 좋겠는데.

"아차, 무심코……. 그…… 연하셨죠?"

"……?!"

"앗 아…… 그, 부디 그렇게 딱딱하게 대하지 마세요. 그게 보통이라 생각하니까……."

"아, 그런가요……."

"히잉, 계속 그래……."

연하라고 말한 순간에 이치노세가 이쪽을 홱 돌아본 것을 알 수 있었다. 이해해, 그 마음. 눈앞에 있는 사람은 어떻게 봐도 미인 누나잖아. 정말 연상이라 쳐도 괜찮지 않아? 연하인 여자애가 누나인 척하면서 날 연하 취급하는 게 왠지 모르게 더 불타오르는데. 그렇다, 나는 타는 쓰레기다.

"아~…… 흠, 이러면 돼?"

"아…… 네!"

중학생 중학생…… 상대는 중학생. 연분홍색 블라우스에 하얀 치마라는 어른스러운 옷차림을 하고 있다고 해도 연하니까. 진정해라, 연상 여대생에게 반말을 쓰며 어리광 부리고 싶어 하는 나의 잡념이여. 너라면 할 수 있다……. 오늘부터 너는 후지산이다………!

"그러니까, 오, 오늘은 말이죠! 지난번의 오해를 풀러 왔다고 해야 할까요…….'

"오해?"

오해라. 사사키 씨한테 뭔가 이상한 인상을 받고 있었던 가……? 연상인 줄 알았더니 중학생이었다는 것 정도? 헉…… 설마, 지난번의 체험 입학 때 친구 세 명도 포함해서 모두 중학생 코스프레를 한 여대생이었다거나?! 어이 어이 진짜냐, 전혀 몰랐어. 진짜로 속았다고. (※환희)

"사사키 씨……… 난 완전히 속았어."

"예?! 아, 아니에요, 그건!! 전 말을 잘못하는 것도 아니고 순정만화만 읽는 것도 아니니까요! 소설도 정말 좋아해요! 주, 주로 연애소설이지만……."

"아아……."

그쪽이야? 여대생 쪽이 아니야?

"이, 이래 봬도 요즘엔 선생님이 '이제야 내면이 외모를

따라잡기 시작했나'라고 하니까요! 옷도 캐릭터가 그려진 걸 안 입고 어른스러운 걸 조사하고 있는데……!"

"아, 응."

어, 어라? 왠지 반말을 쓰는 위화감이 점점 사라지기 시작한 것 같은데? 사사키 씨는 이런 캐릭터였나? 좀 더 차분한 느낌이었던 것 같은……. 아니, 뭐 중학생이라면 전혀 이상하지 않겠지만. 하지만 여대생이잖아? 어라?

아니 잠깐만, 진정해야 하는 건 나다. 사사키 씨가 중학생이건 여대생이건 그런 건 아무래도 좋은 사안이잖아. 어른스러운 여성에게 남은 소녀와 같은 천진난만함── 이게 전부다. 캐릭터 옷이라고? You 입어버려라!

"괜찮아요. 사사키 씨는 이미 어른스러우니까요."

"──! 저, 정말── 앗, 하지만 그, 그렇다고 해서 어른을 대하는 식으로 대해줬으면 하는 게 아니라…… 사죠 씨는 절 후배로 대해줬으면 좋겠달까……!"

"후배라…… 그렇군. 그건 그거대로 좋지, 응."

"그건 그거대로 좋죠!"

그래 그래. 그저 후배 중에 여대생 같은 스타일에 군데군데 어린애 같은 언동을 하는 중학생이 있을 뿐이다. 이제 그걸로 됐잖아. 너무 깊이 생각하면 최악의 상황에 빠질 것 같다. 정신을 가다듬자. 옆을 보니 이치노세가 '무슨 일이야?'라는 얼굴로 나와 사사키 씨가 대화하는 모습을 보고 있었다.

"이치노세, 이분은 사사키 씨. 믿기지 않을지도 모르지만, 아직 중학생이고 내년에 우리 고등학교의 수험을 볼 예정인 여대생입니다."

"?!"

"미안, 마지막 말은 실수였어."

응, 완전히 여대생이야. 전혀 후배 취급을 할 수가 없잖아. 방심하면 내가 연하처럼 될 것 같다. 동생 근성에 찌든 거라고. 빨리 이 지배(누나)로부터 졸업할 수 없을까.

"아, 아직 중학생이에요! 사죠 선배!"

황급히 정정하는 사사키 씨. 그보다, 뭐? 사죠 선배라고? 난 그런 연상 대우 같은 건 별로 받은 적이 없어서 기쁜데. 정말 잘 대해 줄 거야. 이봐, 그건 막내가 자주 하는 짓 아니냐…….

"중학생……."

나보다 살짝 뒤편에서 사사키 씨를 아래에서 위까지 보는 이치노세. 이봐요, 빤히 쳐다보면 안 돼요, 자기소개하세요. 명백하게 열등감을 느끼는 표정 짓는 건 그만 하세요. 그런 건 나도 느끼고 있으니까. 이래저래.

"사사키 씨, 이쪽은 이치노세. 새로 온 아르바이트고 나랑 동급생."

"사, 사죠 씨와 동급생인가요. 잘 부탁드립니다! 이치노세 선배."

"아…… 어, 그러니까………."

조금씩 활발한 중학생 같은 모습을 보여 주기 시작한 사사키 씨. 하지만 이치노세에게는 조금 과했던 모양이다. 사사키 씨도 사사키 씨대로 이치노세의 사이즈에 안심했는지 술술 이야기하기 시작했다. 음…… 압력 제로니까, 이치노세.

음~…… 이 둘의 내용물이 서로 바뀌면 상하관계가 딱 좋아질 것 같은데…… 아니, 이건 이거대로 재밌을 것 같네. 선배 행세하는 이치노세를 좀 보고 싶다. 당사자인 이치노세가 어찌하고 있나 하니 선배라 불려서 부끄러워졌는지, 처음 만났을 때의 사사키 씨와 마찬가지로 머뭇거리면서 고개를 숙였다. 사사키 씨, 어른스럽단 말이지……… 그 이상한 감각은 왠지 모르게 이해가 돼.

그래도 싫지는 않았는지 이치노세는 내가 소개한 타이밍에 사사키 씨와 똑바로 마주 봤다.

"──자, 잘 부탁드립니다…… 후배."

"어."

잠깐만요, 아가씨.

◆

모처럼 오랜만에 사사키 씨가 찾아와줬으니 천천히 이야기하고 싶지만, 솔직히 지금은 이치노세 일로 조금 여유가 없는지 모르겠다. 이치노세는 어제 일을 포함해서 자신이 이야기한 내용이 일종의 결의표명이 된 것인지 의욕이 가득했다. 어디서 스위치가 내려갈지 모르니 별로 안심은 할 수 없었다.

상처받았을 때 생긴 마음의 구멍을 일로 채운다는 이야기는 자주 듣지만, 그게 좋은 방향으로 간 경우는 별로 없는데……. 내가 알고 있는 건 드라마나 만화의 이야기지만.

아니, 잠깐만?

"사사키 씨, 분명 독서가였지? 이치노세랑 잘 맞을지도 모르겠네."

"어, 그런가요?"

서로 더듬더듬 소개하는 둘에게 화제를 던졌다. 나이 차이는 나도 이치노세도 독서가니까 친해졌으면 한다. 마음을 터놓을 수 있는 상대가 생기면 오빠와 떨어지지는 않더라도 쓸쓸함을 달래는 것 정도는 할 수 있지 않을까. 그보다 꼭 오빠와 떨어져야 하나…….

"채…… 책은, 읽지, 만……….."

"정말요? 주변에 책을 같이 읽는 친구가 별로 없어서 쓸쓸했어요. 괜찮으면 친하게 지내주세요."

"으, 저…… 그러니까."

오? 사사키 씨가 내가 잘 아는 사사키 씨가 되었네. 혹시 대외용 얼굴이라거나? 그렇다는 건 중학생다운 사사키 씨는 마음을 열어줬다고 봐도 되는 건가……. 큭, 하지만 난 사사키 씨가 어른스러웠으면 해……! 하지만 신나서 뿅뿅 뛸 때의 사사키 씨도 그건 그거대로 정말……… 정말이지!!

"……저, 저기…… 지금은 일하는 중이라…….."

"아…… 그렇죠."

"아니, 지금은 괜찮아. 손님이 왔을 때 손님을 맞아주면."

"네……."

어차피 손님 같은 건 거의 안 오니까. 제대로 해야 할 때 제대로 하면 상관없다고 생각한다. 미안해, 할아버지.

"사사키 씨는 연애소설을 읽는다고 했지? 이치노세는 어떤 걸 읽어?"

"그러니까…… 가리는 건 없고…… 제목이 끌리는 걸."

"와아, 대단하네요……."

"……?!"

반짝반짝한 눈길로 이치노세를 보는 사사키 씨. 아무래도 이치노세의 독서가다운 모습은 대단한 듯하다. 만화만 읽는 나는 전혀 모르는 세상이다. 그래도 장르를 고집한 적이 없다는 건 확실히 '책'이라는 존재 자체를 좋아한다는 느낌이 든다. 책이라는 건 큰 틀로 보면 무한히 있고 차례차례 계속 읽어나갈 수 있다는 건 부러운 일이다. 그래도 곰 선배에게 등을 기대고 읽는 게 중요하다고 생각하면 또 안타까운 기분이 들어버려…….

이치노세는 존경의 눈길에 쩔쩔매고 있지만, 지금은 이대로 내버려 둘까요.

◆

"……….."

아니, 손님이 안 오네.

사사키 씨에게 이치노세를 맡기고——— 아니, 반대인가? 이치노세에게 사사키 씨를 맡기기를 30분. 편한 아르바이트인 만큼 슬슬 할 일이 없어지기 시작했다. 가게 안에 흐르는 POP도 지금 바꿀만한 타이밍이 아니고. 평소의 나였다면 '빨리 안 끝나려나…….'라는 생각을 하면서 멍하니 서 있기 시작할 시간이다.

그런 와중에도 계산대 앞에서——— 이치노세와 사사키 씨가 이야기꽃을 피우고 있었다. 사사키 씨가 질문하는 목소리만 들려왔지만, 말씨는 부드러웠다——— 부드러워? 사사키 씨가 상대라서인지 이치노세는 질문에 착실하게 대답하고 있었다. 그보다 상대가 몇 살인데 이런 생각을 하는 걸까…….

이치노세의 멘탈도 걱정이지만 이대로는 연수가 안 된다.

나는 여름방학이 끝나면 일에서 빠지니 조금이라도 유익한 시간을 가지는 편이 좋을 것 같다. 그렇지, 지금은 사사키 씨에게 협력을 구하도록 하자.

"이야기하는 중에 미안해. 사사키 씨, 시간 있어?"

"네?"

취약점은 변칙적인 상황 대응이라고 봐야 할까. 접객 중에 트집 하나라도 잡히면 처음엔 누구든지 머리가 새하얘지니, 이치노세 같이 누가 봐도 얌전한 상대라면 따지기 좋아하는 꺼림칙한 손님에게도, 난폭하고 안 좋은 손님에게도 보기 좋은 표적이 될 것이다.

요령 같은 것을 철저하게 가르치거나 하면 좋겠지만, 실제로 그런 걸 반복하더라도 경험이 없으면 생각하던 것은 전부 머리에서 날아가 버린다. 결국엔 '익숙함'이 중요하다.

그리하여 시작되는 접객 롤플레잉. 이치노세는 계산대에 서고, 내가 진상 손님을 연기하여 이치노세에게 트집을 잡는다는 촌극. 입구에서 계속 눈을 맞추는 이치노세가 있는 곳으로 조금 날카로운 눈을 하고 똑바로 향했다. 계속 쳐다보면 손님이 당황하지 않을까, 이치노세…….

계산대 앞에 서서 째려보는 기미가 있는 이치노세를 내려다봤다.

"야, 여기에 잡화는 없냐."

"……어…… 어, 없습니다."

"뭐? 왜 없는 건데."

"왜, 왜냐뇨………."

이런 손님이 오면 엄지를 아래로 향하면서 마이크 너머로 '밖에 있는 간판 다시 보고 와라'라며 그로울링으로 외치고 싶어진다. 하지만 그렇게 물고 늘어지면 오히려 불필요한 트러블을 불러들인다. 이 상황에는 순순히 머리를 숙이면서 '죄송합니다, 이 가게에서는 취급하지 않습니다'라고 말하며 혀를 차는 정도로 끝내주는 게 무난하다. 그래도 점원 측에 원한이 남는 것은 사회가 나쁘기 때문이다. 버튼 하나로 계산대 앞의 바닥이 꺼져 로션 풀에 떨어뜨릴 수 있는 법안 안 생기려나.

바보 같은 생각은 제쳐두고…… 상투적인 대답이라면 몰라도 이치노세는 손님을 상대로 우위를 잡아서는 안 된다는 것을 알고 있을 것이다.

"저…… 점장님께 다녀오겠습니다!"

그렇게 말하며 파닥파닥 뒤쪽으로 달려가는 이치노세. 그렇군, 그 방법도 괜찮네. 하지만 상품에 관한 질문은 꽤 많으니, 이 정도는 종업원 레벨에서 처리하지 못하면 할아버지가 부담스럽게 느끼겠지. 익숙해진 뒤라도 좋으니, 언젠가 할 수 있게 됐으면 한다.

이치노세에게는 나중에── 어라, 이치노세? 이치노세 어디 갔지?! 진짜로 할아버지한테 안 가도 괜찮은데?!

◆

   불 속에 뛰어드는 것처럼 뒤쪽으로 가서 이치노세가 머리를 숙여 귀신 같은 얼굴이 되기 일보직전인 할아버지에게 아슬아슬하게 시간 맞춰 설명. 그냥 연습인 걸 이해하고 쓴웃음을 지어줬다. "잘 하지 않느냐"라며 할아버지가 손녀처럼 머리를 쓰다듬으니 이치노세는 조금 부끄러워하는 듯했지만, 입가는 풀어져 있었다. 참고로 잘하진 못했다. 할아버지, 이치노세에게 그런 보고를 받으면 손님이 건 누구건 무조건 바로 고함칠 거잖아.

   "뭐, 다른 가게라면 그것도 정답일지도 모르지만."

   "아, 네……."

   이치노세를 가게로 데리고 돌아와 연습을 계속했다. 처음이니 딱히 야단칠 일도 없이 무난한 대응을 가르쳐줬다. 계산대에 메모지를 두고 주의 깊게 쓰고 있다. 어머나, 이치노세 꽤나 둥근 글씨를 쓰는구나…… 활자에 익숙해 보여서 좀 의외야.

   "이, 이게 아르바이트인가요……!"

   계산대에서 보던 사사키 씨가 반짝반짝한 눈으로 이쪽을 보고 있었다. 어라, 아르바이트 경험 없어? 그런 생각을 하고 1초 뒤에 실제 나이를 떠올렸다. 틀렸다, 인상 같은 것보다 '여대생'이라는 단어가 너무 세다. 내가 여대생이길 바라기 때문인가…… '여대생'……… 그것은 이미 파워 워드. 최종진화형.

사사키 씨의 환한 미소와 눈길이 나를 녹여 죽이려 했다. 녹여 죽인다는 거, 은근 잔혹하지 않아?

"그럼 다음은 사사키 씨. 다양한 패턴을 시험하고 싶으니까 성가신 손님 역할을 부탁할 수 있을까?"

"네에……?! 서, 성가신 손님이요?"

"귀여── 그래, 성가신 손님."

당황한 기색을 보이는 사사키 씨에게 부탁했다. 초조해하는 모습에 나도 모르게 속마음이 새어 나올 뻔했다.

다, 당황한 순간에 나이에 걸맞은 일면을 살짝 보여 주다니…… 꽤 하는군. 나츠카와 이외에 나의 넘쳐흐를 것만 같은 감정표현 레이더의 제어를 어지럽힌 것은 네가 처음이다. 젠장…… 진짜로 여대생이었으면 어느 정도 어리광 부릴 수 있었을 텐데……!! 젠장…….

"아~ 어려우면……."

"아, 아뇨! 할게요, 이것도 사회 공부예요."

"그, 그래?"

무리하게 시킬 필요도 없다고 생각했더니 의외로 의욕을 내준 모양이다. 사사키 씨가 가슴 앞으로 작게 주먹을 쥐는 모습에서는 '누나, 힘낼게'라는 대사가 당장이라도 들려올 것만 같았다. 힘내, 누나……!

사사키 씨는 흥 하고 숨을 내쉬고 가게 밖으로 나갔다. 굉장해, 달리는 모습을 보고 단번에 중학생다움을 느꼈어. 역시 젊으면 몸이 가볍구나. 등 너머로 봐서 다행이다. 정면에서 봤으면 폭력적인 위치에너지에 농락당하는 존재에 눈을 빼앗겼을 거야. 사사키 씨가 여학교 출신이라 다행이라 생각했다. 절실하게.

"………좋겠다………."

"………."

계산대 안쪽에 선 이치노세에게서 무슨 소리가 나지막이 들린 것 같았다. 무심코 확 돌아보고 응시할 뻔했지만 그러진 않았다. 들으면 알 수 있는 무의식적으로 나온 말이잖아.

되도록 이치노세 쪽을 보지 않도록 하여 계산대 측 구석으로 이동했다. 겨우 이치노세 쪽을 보니, 정말이지 귀 끝까지 새빨개진 이치노세가 입을 양손으로 막고 부들부들 떨고 있었다. 아직이다…… 아직 힘낼 수 있어, 이치노세! 기대하고 있으니까! 아직 가능성 있어!

"가, 갑니다."

입구 쪽에 선 사사키 씨의 목소리를 신호로 받아 "부탁합니다~"라고 말했다. 그것을 시작으로 이치노세도 자세를 딱 바로잡고 앞을 봤다. 귀는 빨갛다. 그렇게 감정이 뒤

섞인 이치노세를 향해 사사키 씨가 유유히 걷기 시작했다.

"오우오우오우~, 이놈~, 이 자식~!"

기다려주십시오, 아가씨.

◆

여러 가지 의미로 겁먹은 이치노세가 어떻게든 사사키 씨에게 대응했다. 그보다 사사키 씨 쪽이 해냈다는 느낌을 더 강하게 줬다. 뭐, 그냥 말투와 걸음걸이가 거칠기만 한 보통 손님이었지만. 잔돈을 받았을 때 "고, 고맙다"라며 씩씩한 말투로 잔돈을 쥔 손을 가슴에 묻는 모습을 이치노세에게 보여줬을 때는 어떡할까 싶었다. 이치노세의 라이프는 이미 제로입니다. 응, 합격.

"새, 생각보다 부끄럽네요."

그렇겠죠.

손을 부채 대신 부치는 모습은 역시 대학생 누나로밖에 안 보였다. 체험 입학 때의 모습은 분명 환상이었을 것이다. 역시 나도 사사키 씨도, 그때 이후로 지쳐있는 거야. 사사키 씨는 수험생이고, 난——— 응, 여름이라 덥고. 고야 참프루 싫어하고.

사사키 씨는 원래 나에게 볼일이 있어서 온 것 같지만, 전과 마찬가지로 기분전환의 의미도 있는 듯했다. 정말로 손님이 되어 책을 두 권 산 뒤에 돌아갔다. 떠날 때 "또 올게요"라며 작게 흔든 손이 바람에 흔들리는 은방울꽃 같았다. 우리 누나랑 바꿔줘.

"……굉장했어."

"……."

나도 모르게 흘러나온 감상. 이치노세는 대답하지 않았지만 그래도 좋다. 이건 혼잣말입니다. 뭐가 대단했냐 하면 진짜로 사사키 씨 외에는 손님이 안 왔다는 것. 뭐, 아직 주말 전이니까. 평일에 쇼핑한다면 전반에 끝낼 테고 기본적으로 주말에만 손님이 있으니까.

"이치노세, 나 여름방학을 끝으로 여기 그만두는데, 사사키 씨가 오면 잘 부탁할게."

"예……?!"

무심하게 말하니 작게 놀라는 목소리가 들렸다. 보니까 '진짜냐'라는 얼굴을 하고 있었다. 어, 설마…… 사사키 씨가 싫은 건가……? 어째서, 착한 누나잖—— 그렇지, 연하였지. 여대생 느낌의 여대—— 어라?

결국 이치노세가 본 사사키 씨는 어땠을까. 옆에서 보면서 생각했는데 사사키 씨는 의외로 다가오는 타입이다. 내가 너무 환영해서 지금까지 전혀 눈치 못 챘어. 싫어하지 않았으면 좋겠는데. 그보다 여길 그만두면 더는 사사키 씨와 만날 기회가 없구나…….

"그…… 그만두나요?"

"어라…… 몰랐어?"

그만두기 때문에 새로 아르바이트를 모집한 건데……. 할아버지랑 면접 보면서 못 들은 건가……. 그때 할아버지는 장난 아니게 기뻐했으니 설명을 잊어버린 게 많아도 전혀 이상하지 않은가. 그보다 할아버지, 마스코트 같은 아르바이트 점원에 여대생 느낌 나는 여중생을 고정 고객으로 두다니, 장사 전략 대성공이잖아.

"뭐, 보는 바와 같이 이 가게에 아르바이트가 두 명이나 있을 필요는 없으니까. 점장님이 젊었다면 아르바이트도 필요 없었을지도 모르지만."

"………."

주로 허리에 부담이 되는 작업을 대신하기 위해 들어왔으니까. 물론 접객이 무엇보다 중요하지만, 사실 상자를 들어 올리거나 높은 곳을 정리하거나 청소하거나, 그쪽을 커버했으면 한단 말이지. 뭐, 노후의 취미라고 말했으니 딱히 상관없을지도 모르지만. 적어도 이치노세는 지켜주겠지.

"뭐, 이야기는 들었으니까. 이치노세의 목적이 이루어질지는 모르겠지만, 그때까지는 선배 노릇을 할 거야."

"……웃………."

"앗."

이런, 이야기하는 흐름으로 언급하면 안 되는 말을 해버린 걸지도 모르겠다. 이치노세가 움찔했는데. 신경 쓰이는 일은 나도 모르게 과하게 생각한단 말이지. 아마 곰 선배는 오늘도 유리 선배랑——— 크학……! 내가 대미지를 입었어. 그 두 사람 앞에서는 죽은 척을 하지 않아도 눈치 못 챌 것 같다.

"………네…… 들어줘서 감사합니다."

"아, 응……… 응?"

선배로서 가르쳐준 것이 아니라 지망 동기를 포함한 이야기를 들어준 것에 대해 고맙다고 말한 건가……. 오히려 들어도 괜찮았나 하는 느낌이 드는데.

이치노세는 뭔가 눈에 띄었는지 계산대를 벗어나 책장 정리를 시작했다. 어제에 이어서 다시 업무 내용을 설명했는데, 어쩌면 접객 외에는 꽤 우수할지도 모르겠다. 이렇게까지 절실하게 보람을 느꼈으면 좋겠다고 생각하는 일도 좀처럼 없지.

"………곧 끝날 시간인가."

시곗바늘은 이미 정오를 가리키고 있었다. 할아버지는 휴식뿐만 아니라 근무시간에도 엄격하니 곧 가게로 나올 것이다.

이치노세는 그 시간이 올 때까지 담담히 손을 움직였다.

♦

　아르바이트를 마치고 집으로 가는 길. 찌는 듯한 더위 속에서 생각했다.

　난 여름방학이 끝나면 여기를 그만둔다. 그렇게 되면 이치노세와는 분명 다시 소원해질 것이다. 그렇다고 해도, 완전히 남의 일이라고 해도 고민을 들은 이상 신경이 쓰이는 것이 인간의 본성이다. 하지만 신경 쓰인다고 해도 제일 중요한 고민은 이치노세의 집안 사정이고, 관여할 생각도 없으니 흥미본위일 뿐일지도 모른다. 난 아르바이트 선배일 뿐이니까. 애초에 들어도 괜찮았나?

　이치노세는 왜 민감한 가정 사정을 나에게 이야기했는가. 지금까지 거의 이야기하지 않은 사이인데다가 난 첫날부터 냉정한 말을 퍼부은 지긋지긋한 놈이 아닌가.

　그렇게 생각하니 단 하나의 답이 불쑥 튀어나왔다. 이치노세를 알고 있으니 의외로 쉽게 떠올랐다.

　'이야기할 수 있는 사람이 달리 없으니까'.

　눈물이 절로 날 뻔했다. 지금까지도 몇 번인가 생각했지만…… 뭐, 실례되는 발상이라고 생각한다. 완전히 거만한 태도로 보고 있다고 해야 할까. 하지만 이건 별수 없다고 생각한다. 이치노세가 학교에서 누군가와 이야기하는 모습을 본 적이 거의 없으니까. 아마 그에 대한 고민도 없지는 않을 것이다.

그것도 포함해서 이치노세는 정신적으로 독립하는 것으로 벅찼던 게 아닐까 싶다. 홀로 있어도 '괴롭다'라고 생각하지 않을 정도로 강해지기 위해서. 속마음을 털끝만큼도 모르는 사이인 나에게 그걸 이야기한 것도 그 일환일지 모르겠다.

여기서부터는 더한 억측이다. 이치노세는 그렇게 하지 않으면 언젠가 뭔가가 흘러넘쳤을 것이다. 말하자면 자신을 지키기 위해 나에게 자신의 사정을 밝힌 게 아닐까. 부모님에게 말하면 오빠에게 불이익이 갈지도 모르고, 할아버지에게 이야기한다고 해도 공감해줄 것 같지 않다. 사모님은 식견이 높아 부정적인 말을 할 것 같다. 거기에 이치노세와 친한 여자라도 있었다면……… 아마 내가 이치노세의 사정을 들을 일 따위는 없었겠지.

"나는 뭔가 기대라도 하는 건가………."

자판기 옆에서 탄산 주스를 한 손에 들고 중얼거렸다. 어머나, 내가 무슨 주인공인가? 그럴 리는 없지……. 주인공이면 좀 더 잘생기고 여자에게 인기가 있었을 것이고 분명 스포츠 같은 것도 엄청 잘했을 것이다. 물론 누나도 엄청 착하고………. 아니, 그보다는 애초부터 누나가 아니라 브라콘인 여동생이 있었을 것이다……. 어라라? 왠지 짐작 가는 사람이 있는데?

내가 아니라 사사키가 들었으면 뭔가 해줬을까……….
나는 아르바이트 선배까지밖에 못 해줄 것 같다. 일반적인, 그래, 그저 당연한 것을 그냥 가르쳐줄 뿐. 그것만으로도 꽤나 지치고 무엇보다 내 분수가 그 정도다. 진짜 왜소하다.

"어, 어라……….?"

생각보다 오래 생각한 모양이다. 입에 넣은 주스에 청량감이 없었다. THE · 단물. 사사키라면 탄산도 안 빠질지도 모른다.

9장 ♥ ‹┄┄┄┄┄› ♥ 한편 시스콘은

아르바이트도 끝나고 샤워를 한 뒤의 상쾌한 기분 그대로 밥을 먹고 게임하고 낮잠을 잔 뒤에 부엌에서 우유를 마시면서 오늘의 전말을 나츠카와와 아시다에게 어떻게 설명할지 생각하고 있으니, 주머니에 넣어둔 스마트폰이 붕붕 진동했다.

[저기, 아르바이트 끝났어?]

세상에, 너무 빠르잖아.

나의 여신, 나츠카와 님…… 오늘만큼 당신의 연락에 초조함을 느낀 적은 없습니다. 이치노세가 엎드려 빌게 만든 건도 그랬지만, 이번에도 이번대로 어떻게 설명하면 좋을지 모르겠어…….

아니 잠깐, 진정해. 나츠카와에게 받은 벌은 그거잖아? 이치노세가 왜 그렇게까지 아르바이트를 계속하려고 한 건지 물어보기만 하면 되는 거잖아? 딱히 자세한 사항까지 이야기할 필요는 없잖아. 그런 내용은 여자랑 이야기해도 거북할 뿐이니까. 뭔가 자립해야만 하는 심상치 않은 이유가 있는 것 같다고 이야기하면 되잖아.

[삼가 아룁니다, 나츠카와 님. 입추라고는 해도 이름뿐이고, 심한 더위가 이어지고 있습니다만, 어떻게 지내고

계시는지요. 평소에 적잖은 사랑을 받아 감사의 마음을 금할 길이 없습니다.]

[뭐야, 그 인사는?]

이런…… 아직 연락하지 말았으면 하는 작은 소망과 나츠카와와 대화를 한다는 엄청난 기쁨, 그리고 넘치는 존경심이 상반돼서 무심코 반사적으로 계절 인사를 해버렸다……!

큰일이다, 눈만 좀 깜빡하면 금방 이런다니깐. 적잖은 사랑 같은 건 딱히 안 받았거든. 태어나준 것만으로도 완전 고맙거든. 신이시여, 고마워, 진짜 갓이야.

[아니 그러니까, 좀 힘 좀 써보고 싶었달까? 폭염이 심하잖아?]

[……너무 무리하지 마.]

어, 어라, 상냥해……. 이상하다, 좀 더 쌀쌀맞은 느낌으로 말할 줄 알았다. 나츠카와 또 누나력이 좀 올라간 거 아냐? 보아하니 여름방학을 기회 삼아 아이리를 이용해 파워 레벨링을 했나. 슬슬 새 기술 익히는 거 아냐? 절대 영도? 일격필살이잖아…….

[너야말로 아이리랑 노는 데 너무 힘써서 퍼지지 않게 조심해, 누나.]

………………

"………………어라?"

그, 뭔가 반응 같은 걸…… 어, 질려버린 건가? 완전 깬 느낌? 아니, 그럴 리가 없다. 하하, 아무래도 나의 남동생으로서 프로다운 모습이 나와 버린 모양이군………. 내 수준 정도면 한순간 진짜로 남동생이 아닌가 하고 착각하는 것쯤은 간단하지. 그러니 나츠카와는 결코 질려버린 게 아니다, 그렇게 믿고 있다. 그래 줘. 부탁이야. 울 거야.

[누나라고 부르는 건, 그, 하지 마.]

[아, 네.]

진지하잖아.

아니 그 왜, 나츠카와가 아이리를 너무 좋아하는 시스터 콤플렉스인 것처럼 나도 피가 이어진 카에데와 기구한 운명을 걷고 있으니까. 콤플렉스니까. 고기만두를 무진장 먹고 체중계 위에서 씁쓸한 표정 짓는 거 완전 좋아. 평소엔 배꼽을 다 드러내놓고 뒹구는 주제에 번개 칠 때만 완전무장한다던가, 정말로 핫핫하 폭소.

"———뭐야, 너 있었어? 커피 타 줘, 차가운 걸로. 8:2 정도로 우유 타서. 설탕은 작은 숟가락으로 한 숟갈, 캐러멜 파우더도 부탁할게."

"1분 주시겠어요?"

"그렇게 걸려?"

"지금 바로 착수하도록 하겠습니다."

어라, 정신 차리고 보니 존댓말을.

다시 정리하자면 나에겐 벌이 있다.

벌의 내용은 아르바이트하는 곳에서 엎드려 빌게 만들어버린 이치노세의 사정을 알아내는 것. 알아낸다기보다는, 다시 말해서 이치노세의 사정에 이해를 보인 뒤에 돌아오라는 느낌이겠지, 아마도. 자기에게 아무런 득도 없는데 나츠카와는 내 사정을 우선해준 것이다. 뭐지, 여신인가? 그러면 반해버리잖아. 그러고 보니 이미 반해 있었지…….

나츠카와 입장에서 누나라 불리는 건 별로 안 좋았던 모양이다. 상당히 유감스럽다. 상당히.

[미안, 누나의 셔틀을 하느라 답장 못했어.]

[아, 와타루의 누나?]

[본의 아니게.]

[그런 말은 하지맛.]

맛. 귀여워.

내 방. 안정된 뒤에 메시지의 답장을 하니, 나츠카와는 기다려주고 있었던 건지 바로 답장해줬다. 난 오히려 긴장해서 할 말이 떠오르지 않았다. 나츠카와와 둘이서 대화하고 있다는 현실에 무심코 몸을 떨고 말았다. 기뻐…… 기쁘다고……!

[네가 쓸데없는 소리를 해서 그런 거 아냐……?]

[아니, 아무 말도 안 했다니깐.]

머리가 바보가 된다. 역시 나츠카와 같은 귀여운 애랑은 이렇게 메시지로 이야기하는 편이 더 즐겁구나. 대화하면서 거리낌 없이 기분 나쁜 표정 지을 수 있어. 직접 얼굴을 맞대고 있으면 긴장할 뿐만 아니라 머리가 새하얘지니까. 우후후.

[그래서 어땠어?]

[아르바이트 말이지? 들었어. 그러니까 뭔가 자립하고 싶네, 뭐네 해서······.]

[······그렇게 큰일인 거야? 걔.]

큰일이라고 해야 할까······ 그걸 나츠카와나 아시다 같은 여자를 상대로 설명하려고 하면 어떡할지 모르겠다는 느낌. 이치노세도 큰일인 것 같지만 지금 나도 큰일이다. 보통 그렇게 무거운 이야기일 거라고는 생각 안 하잖아······. 오빠에게서 떨어지려고 노력하는 애는 처음 만났다고······.

[아니, 딱히 복잡한 집안 사정 같은 게 아니라······ 자립이라는 게 그, 그 애의 향상심 같은 그런 거랄까?]

[그거 정말이야? 어지간한 사정이 없으면 자립하고 싶다는 생각은 안 할 것 같은데. 우리랑 동갑이고 얌전한 애지?]

[아~, 뭐, 응. 그런데······.]

[뭔가 있어……?]

아무튼 어떻게든 얼버무리면서 전달하고 싶다. 그렇지 않으면 100% 어색한 분위기가 되잖아. 상대는 전에 고백한 나츠카와라고? 좋아한다거나 싫어한다는 이야기는 나츠카와와 할 얘기가 아니잖아. 적어도 사이에 아시다를 두고 싶다. 다음 수단이 최후의 카드이니 이걸로 상황을 타개하는 수밖에 없다.

[그, 오빠가 있다는데. 오빠와 떨어지기 위해 자립하고 싶대.]

[오빠랑, 떨어져……? 어어, 어? 무슨 소리야?]

이해해주지…… 않는다고? 이걸로도 부족해? 오빠랑 떨어지는 거라고? 고등학교 1학년인데 오빠를 정말 좋아하는 게 고민이라고는 생각지 못하는 걸까. 그건가, 아이리를 너무 좋아해서 동요해버린 건가. 그런 건가.

이게 거짓말이 아닌 무난한 설명이란 말이지. 그렇지, 이 상황에는 상상하기 쉽도록 있을법한 형제와 자매를 예로 들자.

[아니 그러니까, 형제든 자매든 대개 서로를 짜증난다고 생각하잖아.]

[그런 생각 안 하는데.]

[아, 그래…….]

뭐, 나츠카와는…… 나이 차이도 있으니. 그렇게 어린

여동생이 있으면 그야 귀엽겠지. 연년생이었다면 또 달랐을 것이다.

나와 누나는 지금은 별것 아닌 느낌이지만 얼마 전까지는 상당히 심한 편이었다고 해야 할까⋯⋯. 어, 혹시 우리만 그런 거야? 이 세상의 중학생 정도의 형제자매는 그렇게 서로를 좋아해? 세상이 그렇게 러브 & 피스였나? 난 꽤나 데드 오어 얼라이브였는데. 서바이벌인데.

[그러니까, 예를 들어서 얘기하는 거다? 나츠카와가 아이리에게 너무 들러붙어서 미움받았습니다.]

[무슨 이야기하는 건지 모르겠어.]

[아, 그래?]

어, 어라⋯⋯? 설명하는 방식이 안 좋았나⋯⋯. 사람에게 뭔가 가르쳐주는 건 그렇게 서투르지 않은 줄 알았는데. 어, 혹시 난 설명을 엄청 못하는 건가? 혹시 이치노세도 내가 가르쳐주는 방식이 너무 서툴러서 곤란했다거나? 어⋯⋯ 아, 아니지? 단순히 나츠카와가 아이리를 너무 소중히 여기고 있을 뿐인 거지?

[아이리한테는 평생 그런 날 안 올 거야.]

[오, 오오! 그렇지! 몇 살이 되든 아이리는 언니를 사랑하지!]

⋯⋯⋯⋯.

⋯⋯⋯⋯응? 저기, 읽음 표시는 떴는데———.

[언니라고 하지 마.]

[아, 미안.]

그랬지…… 어? 그렇게 기분 나쁜가? 지금 건 대화의 흐름상 나온 거라 생각하는데…….

……아니, 뭐, 기분 나쁜 건 기분 나쁘겠지. 냉정하게 생각하자, 내가 '언니♪'라고 뻔뻔하게 부르면……… 과연. 이건 뻔뻔한 게 아니다, 테러다 테러. 감동적인 영화를 다 보고 영화관에서 나와 여운에 잠긴 녀석들에게 써보고 싶다. 한방에 평소의 일상 이하로 끌어내려 줄 수 있을 것 같다.

[오케이 알았어. 다른 예를 들게. 아이리가 10년 뒤쯤에 남자친구를 데려왔다고 치면.]

[뭐?]

히잉.

나, 나츠카와 씨……? 뭐가 그랬다고는 말 안 하겠지만 쪼그라들었다고? 좀 무섭다고 해야 할까…… 어, 시스콘이라는 건 혹시 그 정도 수준이야? 그냥 아시다의 농담 아니었어?

아니, 그렇지만 아무렇지도 않게 내가 아이리를 안게 해줬잖아…… 심한 시스콘이면 보통 허용 안 하지 않아? 내가 아이리의 오빠였으면 초등학교부터 대학교까지 여자밖에 없는 곳에 다니게 할 정도로 시스콘이었을 것이다. 하물며 나 같은 어디서 굴러먹다 들어온 개뼈다귀인지 모를 놈이 만지기라도 하면 너……! 그 부분을 의약용 비누로 박박 문지를 거야.

[아이리가…… 뭐라고?]

[아, 그러니까 말이죠.]

[응 그래서?]

이야, 무섭네. 무서워, 무섭구나~ 응. 뭘까, 이 빠른 반격은. 말로 드러나지 않는 부분에서 압력이 느껴져. 짓눌릴 것만 같은——— 아니 잠깐만? 나츠카와의 압력…… 그 말은 즉 나츠카와를 엄청 느끼고 있다는 뜻이 아닌가?

아니, 바보야 진정해라. 기세에 몸을 맡기는 건 그만두자. 그렇게 해서 좋은 방향으로 일이 굴러간 적이 거의 없으니까. 또 나츠카와에게 불쾌감을 줄지도 모르잖아. 그것만은 피하고 싶다. 여기선 냉정하게 나츠카와의 비위를 맞추면서.

[나, 나츠카와 씨……? 화내고 계시는가요?]

[딱히 화 안 내고 있어. 그래서? 뭐? 계속해봐.]

그거 계속하길 바라는 느낌 아니지 않아……?

아니, 그냥 내가 잘못했으니까 그만하자. 마음이 괴롭지만——— 진짜로 애가 끊어지는 심정이지만, 일단 여기서 대화를 끊자. 다시 한번 낮잠을 자고, 그리고 아시다가 부활동을 끝냈을 즘에 이어서 얘기하자. 그 녀석이니까 괜찮은 느낌으로 도움을…….

[얘, 계속해봐.]

[예입.]

나츠카와가 재워주질 않는다. 좋다, 이 울림. 감동했다.

[음……… 아니, 그러니까, 장래에 아이리가 남자친구를 데려왔다고 치고.]

[연봉은?]

[연…… 어?]

여, 연봉 말임까? 그걸 신경 쓰는 거야? 10년 후라는 건 아이리가 15살이니까 남자친구를 데려왔다고 해도 아마 아직 학생이겠지……. '연봉'이라는 단어는 좀…….

아니 잠깐, 나츠카와라고? 당연히 그 부분도 고려해서 물어봤겠지, 바보냐 사쵸 이 자식아. 분명 나츠카와 나름 대로 아이리의 행복을 바라는 것이다. 그런 당연한 것을 알아채지 못하면 어쩌자는 거냐……! 얕은 생각으로 단정하지 말자!

그러니까……? 남자친구를 데려온다면 아마 나이는 플러스마이너스 두 살 정도겠지? 아르바이트 같은 건 안 하는 녀석이 더 많을 테니 일단 없다고 치고…… 음, 세뱃돈은 적어도 부모님에게서 1만 이상 받는다 치고 용돈은 월 5,000엔이라 치면…… 그러면——— 아니, 세뱃돈은 좀 더 많이 설정해둘까. 그렇지 않으면 얘기가 진행되지 않아. 아니, 사실은 이야기 안 하고 싶지만.

[그러니까, 그럼 10만 정도……?]

[10만 달러 말이지. 뭐, 그렇다면 괜찮네.]

어, 아니, 저기요.

10장 ♥ ⟨⋯⋯⋯⟩ ♥ 섬세함과 대책과 나

"야, 일어나."

"으엉⋯⋯⋯?"

눈을 뜨니 방이 오렌지색으로 물들어 있었다. 그대로 시선을 이리저리 돌리니 시곗바늘은 슬슬 저녁 시간마저 끝내려 하고 있었다. 여름의 석양이 비치고 있는데 방은 시원하다. 에어컨을 계속 켜둔 모양이다. 텔레비전은 게임 화면이 켜진 그대로였다. 도중에 졸려서 무의식중에 침대에 누워 잠든 듯하다. 내려다보는 역광의 그림자는 질렸다는 눈빛을 하고 있었다.

"⋯⋯⋯누나? 어서 와."

"무슨 잠꼬대 하는 거야, 오늘 집에 있었거든."

"⋯⋯⋯아~, 그랬나."

"밥. 다 됐대."

"예~이⋯⋯."

옛날 옛적에 사죠 와타루라고 하는 자가 있었다. 아직 금발이었던 누나가 흔들어 깨워서 졸려 졸려 하며 떼를 썼더니 멱살을 잡혀 일으켜진 것이 나이 열넷 시절의 일이다. 그 이래로 누나의 목소리는 나에게 있어서 최강의 자명종이 되었다. 눈을 또렷하게 뜨지는 못해도 머리 구석구석에서 신호 송수신이 풀가동 되었다. 말 그대로 슬립모드. [sajo1234]라고 비밀번호를 치면 바로 켜진다. 그래도 잠이 덜 깨는 건 애초의 스펙 문제. 진짜 XP.

"………."

"……어? 아니 잠깐만, 내 스마트폰!"

문득 고개를 드니 누나가 내 스마트폰을 쥐고 있었다. 화면을 힐끗 보고는 수상하다는 눈으로 나를 바라봤다. 물이 스며드는 것처럼 서서히 그 중대성을 깨닫고 딱히 켕기는 것도 없는데 황급히 그걸 빼앗아버렸다. 애초에 잠금 해제는 하지 못할 것이다.

"아, 아니 딱히 이상한 건 없는데……."

"바보짓은 안 하도록 해."

"아, 예?"

충고 같은 말을 하고 누나는 방에서 나갔다. 잘 생각해 보니 누나가 피하지도 않고 내 손에 스마트폰을 빼앗긴 것에 위화감을 느꼈다. 처음부터 흥미 없었던 걸지도 모르지만. 누나가 작년 초쯤부터 둥글어졌단 말이지.

……아니, 잠깐만. '바보짓은 안 하도록'? 잠깐만요, 그건 무슨 뜻일까요……. 안 좋은 예감이 확 드는데. 설마 사실은 잠금을 풀고 스마트폰의 내용을 봤나?

에, 큰일 아니냐? 요즘 시대에 수상한 것을 볼 때는 인터넷이라는 냄새를 풍기고 사실은 '물건'을 방에 숨긴다는 의표를 찔릴 것을 예상해, 그 뒤를 찔러 역시 인터넷에서 으헤헤헤 하던 게 들켰다는 건가?!

황급히 스마트폰을 확인.

"―――히에엑."

잠금 화면에 대량의 메시지 알림. 게다가 이 스마트폰의 사양인지, 그 화면 그대로 위아래로 넘기면 안 읽은 상태로 전부 확인할 수 있는 뛰어난 물건이다. 읽음 표시 안 남기고 내용을 확인할 수 있구나! 하하, 썩을 사양.

[아이찌이! 보고 싶었어어……!! 후욱후욱(//▽//)]

[케이도 참…… 이상한 말 하지 마! (* ′ `)]

아시다아!! 네놈은 하필이면 이따위 타이밍에 등장하고 자빠졌냐!

(완전 최고야! 감사합니다!)

누나가 봤잖아…… 분명 '내 동생은 어떤 녀석들이랑 같이 놀고 있는 거야'라고 생각했을 거라고. 어쩔 거야 이 할망구야. 좀 더 부탁드립니다.

이상하다……. 자고 일어나서인지 모르겠지만 이상하게 화가 안 난다……. 마음속 어딘가에서 희열을 느끼고 있어. 머릿속에 둘이 엄청 꽁냥대는 정경이 떠오르는데 전에 학교에서 비슷한 걸 봐서인지 더 선명하달까 뭐랄까, 잘 먹었습니다.

"밥 다 됐다고 했잖아!"

"예~ 바로 갑니다아!"

잠 완전히 다 깼다.

◆

[잠깐 시간을 줘.]

10만 달러 사건 뒤로 나츠카와는 그 말을 하고 답을 안 하게 되었다. 뭔가를 엄청 잘못했다는 느낌이 들었지만, 나로서는 머릿속을 정리할 시간이 필요했으니 결과적으로 잘됐다는 느낌이 안 드는 것도 아니었다. 결과적으로 게임하고 잤지만.

[그러니까, 이성을 좀 잃었다고 해야 할까………]

그렇게 답장이 온 것은 1시간 뒤. 오히려 장래의 아이리의 남자친구에 대해 무엇을 한 시간이나 생각했는지 알고 싶다. 그보다 나츠카와를 더 알고 싶다. 참고로 10만 달러를 버는 고등학생이 일본에 없는 것도 아니라고 한다. 요즘 시대에는 이름이 팔리면 광고 수익으로 연간 천만 엔을 번다던가 못 번다던가. SNS나 동영상 사이트 같은 걸 활용할 수 있는 애는 대단하네. 버블티를 몇 잔이나 마실 수 있는 거야. 일상적으로 마카롱 먹을 수 있잖아. 세상에, 사고가 완전 여고생이야.

"———먹었다…… 에흑."

밥을 먹으면서 읽지 않은 메시지도 마지막까지 소화했다. 중반에 아시다의 욕구를 채워나가는 듯한 흥분에 비해 부끄러워하는 나츠카와의 대화를 마치 현세를 내려다보며 감상하는 신처럼 감상하다 보니, 마지막쯤에 내 아르바이트 이야기가 다시 부상했다.

[사죠찌, 결국 울린 건 아니겠지?]

[아무래도 그러지는……. 하지만 와타루는 얌전한 애랑 이야기하는 이미지는 별로 없다고나 할까…….]

[아마 말을 섬세하게 못 했겠지~.]

아니 아니, 안 울렸거든. 어제라면 몰라도 오늘은 안 울렸다고. 그 부분 중요. 뭐, 웃기지도 않았지만. 어, 그보다 이런 이야기는 본인이 없는 그룹 같은 곳에서 이야기하는 거 아냐? 엄청 평범하게 지적하고 있잖아.

[섬세함은…… 응.]

우와아아아아아아아아!! 아시다 이 자시이이이이이이익!!

표현이 완곡한 듯하면서 완곡하지 않은데! 한가운데 직구로 배때기를 후벼파고 있는데요! 누나의 코브라 트위스트에 걸리는 것보다 괴로워!

[아이찌가 말하는 거라면 확실하네! 사죠찌는…… 어라? 혹시 사죠찌 보고 있어? 읽음 표시가.]

[어?]

[뭐? 아무것도 못 봤는데?]

[보고 있잖아!]

[아니 진짜로 아무것도 못 봤어. 여자끼리 대화하는데 끼어들지 않는 정도의 섬세함은 있는데? 게다가 같은 학년의 고민하는 여자에게 힘을 빌려주는 남자거든. 뭐, 연봉 10만 달러조차 못 벌고 부모님의 양육을 받기만 하는 한물간 녀석이지만? 앞으로 잘 부탁한다?]

[우와, 귀찮아.]

[그, 그건 그러니까……!]

[아 참, 아시다 씨는 어차피 아직 방학 숙제는 못 끝낸 것 같은데~. 공부 방해해서 정말 미안해~.]

[우와 그게 뭐야! 짜증 나!]

정신을 차리고 보니 내 방 한가운데서 필사적으로 스마트폰을 조작하고 있었다. 그야 그렇다. 갑자기 그런 말을 들으면 화가 안 날 수가 없다. 그보다 사실무근이거든? 그래, 난 신사다. 섬세함이 없었다면 아시다에게 편승해서 나도 나츠카와에게 후욱후욱 했을 것이다. 뭐, 뭐 확실히? 얼마 전의 나였다면 아무런 저항 없이 했을── 크학…… 스스로 생각하고 대미지가……. 기분 나빠하겠지.

[왜, 왠지 와타루가 동생 같아…….]

[으그극…… 그, 그렇네! 전에 쇼찌가 주스 사줬으니까! 여자를 어떻게 대해야 하는지 잘 알고 있지~!]

[미안, 진정됐어. 왠지 미안하네. 입에 발린 칭찬 고마

워, 이제 괜찮아. 만족.]

[이 남자 뭐야!]

이야~ 수그러들었어. 마치 현자 모드——— 으음, 경지에 도달한 느낌? 내 흑역사의 파괴력이여. 의외로 이런 건 거울로 자신의 얼굴을 보는 것만으로도 효과가 있지. 갑자기 냉정해질 수 있구나. 굉장해, 왠지 지금 엄청 생각하고 싶은 기분이다. 존재하지도 않는 어둠의 조직에 대해 생각할 수 있을 것 같다.

"하아…… 끄윽."

심호흡. 트림.

정신을 가다듬고. 둘에게 사과하고 이야기를 진행했다. 그 뒤부터는 수고했다는 둥 뭐라는 둥의 말을 하고 이야기는 아르바이트 이야기로 전환. 아까 전까지 머릿속이 이래저래 뒤죽박죽이었지만, 역시 낮잠과 식사가 괜찮았던 건지 여러 생각을 할 수 있었다.

[그래서 결국 어땠어? 걔는.]

[엄청 좋아하는 오빠한테 여자친구가 생겼대. 그래서 오빠와 떨어지는 수밖에 없다면서 '자립'이라는 명목으로 아르바이트를 시작했으니까 쉽게 물러날 수는 없었대.]

[와~…… 용케 얘기해줬구나, 걔.]

[아, 그래서 나한테 아이리 이야기를……….]

[사죠찌…… 예시 선택을 잘못했네.]

어렴풋이 깨닫고 있었다.

[음~, 좋아하는 오빠에게 여자친구라.]

[아, 아이리에게 남자친구……….]

[둘 다 오빠가 없잖아.]

두 사람은 한마디씩 감상을 남기고 한동안 조용히 있었다. 딱 한 사람 틀렸다는 느낌이 들지만, 자기 나름대로 '아르바이트하는 곳의 아이'의 심정을 이해하려는 것인지도 모른다. 자연스럽게 자기 입장으로 바꿔 생각하는 걸 보면 나츠카와에게서는 성적이 우수한 자의 높은 잠재력이 느껴졌다. 틀렸지만.

[사죠찌가 누나를 빼앗기는 거랑 같은 거지?]

[아니.]

[그 부분은 똑같다고 말해두라고…….]

오히려 빨리 누가 좀 돌봐줘. 꽁냥거리고 싶으면 확실하게 분위기 파악하고 외출할 테니까. 그런 것과는 별개로 뭐랄까, 학생회의 미남들을 거느리고 있는 주제에 묘하게 결혼 못 할 것 같은 느낌이 드니까 좀 걱정되는 부분이 있단 말이지. 내 기준 랭킹 2위. 1위는……… 누구라고는 말 안 하겠지만 선도부장.

[그렇구나, 그럼 사죠찌는 이해해주지 못하겠구나.]

[아니, 이해하는데? 섬세함이 있거든?]

[미안하다니깐.]

[삐졌어…….]

실제로 손바닥 뒤집듯이 태도를 바꿔서 이치노세한테 잘해주고 있고. 그 이야기를 들은 뒤부터 갑자기 보호하고 싶은 마음이 솟아난다고. 그전까지는 '이 귀찮은 애는 뭐지'라는 느낌이었는데, 지금은 적극적으로 보살펴주고 있는 느낌이다. 오히려 다른 선택지 있어? 정신적 NTR 당하고 있다고? 이젠 전면적으로 편을 들어주는 수밖에 없잖아.

[근데 오빠를 여자친구한테 빼앗겼다고 그러다니…… ㅋㅋ 걔 귀엽네.]

[얘, 그렇게 웃을 일도 아니지 않아?]

[그래? 왠지 깔끔하게 아르바이트 그만두고 오빠랑 화해하면 된다는 생각이 들어서.]

[현장을 봤다고 해도?]

[현장…… 어? 현장? 현장이라면……… 그 현장?!]

[혀, 현장…….]

눈치챈 둘이 얼굴을 붉히는 모습이 눈에 선하다……. 흐히히, 틀렸다, 망상해버렸다. 진정해라, '현장'이라고 해도 실제로 이치노세가 본 것은 농후한 그것이다. 농후한──아니, 이쪽의 파괴력도 충분히 위험해. 딱히 나쁜 것도 아닌데 곰 선배가 미워지기 시작했다. 나에게도 포용력 같은 것이 있다면…… 체중인가?! 살쪄서 커지면 되는 건가?!

[……잘 생각해보면 오빠와 떨어지기 위해 엎드려 빈 거구나.]

[으, 응.]

[아이찌, 아이가 그런 생각을 하면……….]

[그만! 말하지 마! 살 수가 없어!]

[……미안, 사죠찌.]

[왜 나한테 떠맡길 생각이 가득한 건데?]

나츠카와의 시스콘이 얼마나 심한지는 재확인했으니까 섣불리 아이리의 이름을 꺼내지 마. 나츠카와는 살아주세요. 제가 죽습니다.

아무튼 이번 일로 안 것은, 우리가 상상하려고 해도 이치노세의 입장이 되어 생각하는 것은 어렵다는 것이다. 오빠를 정말 좋아한다는 게 포인트인데, 나츠카와와 아이리의 관계는 뭔가 다른 느낌이 든다……. 나츠카와는 '반드시 지키겠어!'라는 느낌. 이치노세의 경우에는 어느 쪽인가 하면…… '감싸여서 따뜻함을 느끼고 싶다'라는 느낌? 야 그게 뭐냐, 동거 안 한 사권 지 1년 반 된 커플이냐. 게다가 이미 한 지붕 아래에 살고 있고. 이불 말고는 아무도 감싸주지 않는 내가 바보 같지 않은가.

그보다 말해버렸구나………. 뭐, 그래도 나츠카와나 아시다나 내 아르바이트 후배가 이치노세인 줄은 모르잖아? 가족의 일처럼 생각해주는 느낌은 아니니까 딱히 상관없다.

이치노세의 성격상 2학기가 시작되고 같은 교실에 있어도 접점이 생길 것 같지는 않고.

◆

나츠카와와 아시다에게서는 '일단 잘 해줘'라는 고마운 말을 들었다. 너무 민감한 문제라서 어떻게 할 수 없는 건 나뿐만이 아닌 것 같다. '그럼 나츠카와에 대한 속죄는 끝낸 걸로 친다'라며 죄의 청산을 선언하니 아시다가 불만스럽게 '에이~'라고 말했다. 너, 화난 척하고 재밌어했을 뿐이지……?

여름방학의 끝이 얼마 남지 않았다. 이튿날은 할아버지, 이치노세와 함께 이후 학교에 가는 날의 근무에 관해 이야기했다. 방과 후 시간대에 해도 상관없는 업무를 점심 시간대에서 넘기기로 합의가 되었다.

"……앗……?!"

"──웃차."

"가…… 감사합니다………."

"그렇게 나랑 똑같은 만큼 상자를 들지 않아도 돼. 힘 차이가 있을 테니까. 시간은 걸릴지 몰라도 어차피 손님은 그렇게 많이 안 오니까. 천천히 하자, 천천히."

"아……."

감정이 끝난, 사들인 책을 전용 바구니에 모아서 옮겼다. 이 가게는 똑같은 책이 세 권 겹치면 책장에 둘 수 없어서 할아버지가 아는 가게로 돌리는 듯하다. 의외로 동업자끼리 관계가 넓은 듯했다.

이치노세는 나를 보고 따라 하면서 책을 채웠지만, 나와 똑같은 양을 드는 건 너무 무거웠던 모양이다. 짐을 들고 몇 걸음 만에 휘청거렸다. 넘어질 듯한 예감이 들어서 바로 받쳐주긴 했지만, 굳이 무리하지 않아도 되는 상황에 힘쓸 필요는 없다.

"자."

"아, 네."

이치노세에 대한 인상이 역전되자 날이 갈수록 작은 동물 같은 느낌으로 귀엽게 보이기 시작했다. 키 차이와 보호본능을 불러일으키는 외모가 원인인지, 따라올 때는 종종거리며 따라오고 무거운 것을 들 때마다 알기 쉽게 입을 꾹 다무는 모습을 보고 있으면 솔직히 초등학생이 열심히 일하고 있는 모습으로밖에 안 보였다. 진짜 미안.

하지만 이런 애가…….

떠올릴 때마다 한숨이 나와. 오빠, 뭐 하는 거야. 이렇게 귀여운 여동생을 슬프게 하면 안 되잖아. 좀 더 잘하라고.

"어서 오세요……!"

"오오, 좋네."

큰 소리를 내는 것에도 익숙해지기 시작했다. 말하자마자 작게 감상을 말하니, 이치노세는 부끄러운 듯이 움츠러들었다. 뭐지…… 뭐지 나도 모르게 과자를 주고 싶어지는 이 느낌은?! 여기가 오사카면 바깥을 걸어 다니기만 해도 대량의 사탕을 가지고 집에 갈 수 있지 않을까? 아니, 과자보다 큰 빵 같은 걸 주고 오물오물 먹게 해보고 싶다.

"저, 저기……."

"응?"

"이, 이거 말인데요……."

"아~, 이건———"

향상심과는 별개로 일이 돌아가는 상황도 이해되기 시작한 것 같다. 나나 할아버지가 가르쳐준다고 해도 누락되는 부분이 있다. 모르면 물어보고, 나도 질문을 받았으니 제대로 대답한다. 곧 이치노세 혼자 아르바이트해야 하는 만큼 나도 기합이 들어갔다.

학교 수업에선 모르는 부분이 있어도 좀처럼 물어볼 수 없으니까. 당당하게 손을 들고 '네 선생님!'이라며 질문하면 '뭐야 쟤, 진지병? 좀 웃긴데ㅋㅋ'라며 비웃음당한 끝에 숙제를 베끼는데 이용당하기만 하는 편리하고 불쌍한 녀석이 된다. 고마워, 마츠시타. 그때는 진짜 고마웠어.

아주 진지한 소리를 하자면, 아르바이트는 그런 점이 좋다. 교실에선 그냥 착실하게 지내기만 해도 '뭐? 뭘 진지하게 하는 거냐?'라는 분위기가 흐르지만, 이쪽은 정말 진지하게 일하는 것이니까 그저 성실함이 요구된다. 나 같은 놈은 작업을 반이나 하면 슬슬 집에 가고 싶다는 생각이 들지만, 이 세상의 근본적으로 성실한 녀석은 학교보다 아르바이트에서 가치를 찾아내거나 하지 않아?

아니, 성실한 녀석은 애초부터 아르바이트를 안 하나. '공부가 본분인 학생이 무슨 아르바이트 따위를 하는 거냐'라며 깔볼 것 같다. 용서 안 할 거다, 마츠시타.

"사실은 상품 취급 방법 같은 걸 철저하게 교육받았지만 말이야. 이치노세는 독서가라서 그런지 엄청 주의 깊잖아. 세세한 취급이라던가, 난 처음엔 엉성했으니까 대단하다고 생각해."

"그, 그런가요……?"

"응, 감탄했어."

아니, 뭘 자연스럽게 입이 마르도록 칭찬하고 있는 거지. 그거네…… 이치노세에게서 흘러나오는 연하 같은 느낌이 그렇게 만들고 있어. 사사키 씨보다 10배는 더 연하 느낌이 있어. 비교하는 대상이 이상해……. 사사키 씨는 인류의 기적이라고 생각해두자.

"………후홋………."

"………?!"

어…… 뭐야 그 미소! 처음으로 이치노세의 어른스러운

면을 본 것 같다! 에, 아니 뭐야, 칭찬받아서 기분 좋아진 거야? 그렇게 웃는 거야? 평범하게 귀여운데!

"이치노세, 평소에도 그렇게 얼굴을 드러내는 편이 좋을 것 같은데……——어?"

"……네?"

말한 뒤에 깨닫는 실언. 정신을 차리고 보니 무심코 입 밖으로 나왔다.

아니, 잠깐만, 나 무슨 소리 하는 거야. 그러니까 이치노세의 긴 앞머리라던가, 그런 어두운 배경이 있을 것 같은 부분은…… 절대로 건드리지 않는 편이 좋은 게 당연하잖아. 이유도 없이 그런 길로 기를 리가 없잖아! 이에 관해서는 분명 뭔가 사정이 있을 거야! 게다가 상대는 여자고!

"저기………?"

"아! 아니! 그 왜! 딱히 이상한 부분은 아무 데도 없는데 왜 평소에 그렇게 얼굴을 숨기고 있는가 싶어서……!"

"……….."

필사의 변명이라 해야 할까 뭐라 해야 할까. 이마가 좀 넓다고 생각하긴 했지만, 그대로 어른이 되면 괜찮은 느낌으로 애니메이션에 나올법한 얼굴이 돼서 코스플레이어 등에 알맞은 소재가 될 것 같다. 보고 싶다. 절대로 그렇게 안 되겠지만. 그래도 아깝다는 느낌은 든단 말이지……….

이치노세는 취업준비생처럼 옆으로 나눈 앞머리를 양손

으로 쓰다듬었고, 그걸 가볍게 집고 또 쓰다듬고 말했다.

"———그, 그런가요……?"

"———윽………!"

흐그극……… 귀여워! 뭐야 그 동작……. 키 차이라는 건
대단하구나. 그냥 말을 건 시점부터 시선을 위로 두고 쳐다
보잖아. 양손을 머리에 둬서 포즈는 이미 모양새가 나고.
아르바이트용 앞치마를 입은 모습이 이미 어떤 코스프레다.
하지만 동급생인데 두근거린 것만으로도 느껴지는 이 배
덕감은 뭐지……. 이마 만져도 되나요.

"으, 응……… 맞아. 응."

"그런, 가요………."

마음을 터놓는다는 건 이런 게 아닐까. 이치노세는 어림
짐작으로 대해서 더 그렇게 느껴졌다. 분명 친해지면 사적
인 이야기도 할 테고. 이치노세의 앞머리를 화제로 삼은
건 큰 진보라 생각한다. 섬세함…… 응, 섬세함은 있거든?
아마도 분명, 어쩌면.

처음엔 말썽이 있었을지도 모르겠지만, 아르바이트와
관련된 대화를 한다는 점에서는 지장이 없는 정도는 된 것
같다. 날마다 접할 때마다 지장의 정도가 약해지는 것을
느끼고 있고 일반적인 접객도 조금씩이지만 할 수 있게 되
어가고 있다. 여성 손님에게 귀엽다는 말을 듣고 쑥스러워
하는 것은 성장했다는 증거다. 얼마 전이었으면 머리가 새

하얗게 돼서 아무 말도 하지 못했을 것이다.

가끔 찾아오는 사사키 씨는 대단한 포용력을 보여줬다. 취미가 통하는 부분이 있어서인지 이치노세와 허물없이 지내고 있었다. 아직은 사사키 씨가 일방적이라는 느낌이 있지만, 이치노세는 제대로 대답하고 있었다. 처음엔 나이가 역전된 것처럼 보였지만……. 뭘까, 이치노세는 상대에게 익숙해지면 침착하게 이야기하니까 지금은 확실히 사사키 씨보다 연상처럼 보여.

이치노세의 성장을 실감하니, 이제 나도 곧 은퇴라고 생각하며 고풍스러운 가게 안의 풍경에 아쉬움을 느끼기 시작했다.

이제 걱정 없이 여름방학을 마무리할 수 있다──── 하고 안심한 타이밍에 사건이 일어났다.

"────어…… 사죠 군, 이야?"

"어, 이치노세 선배……?"

아르바이트를 끝내고 나가니 헌책방 바깥에 나를 기다리는 팬이 있었습니다. (※거짓말)

11장 ♥ ⟨⋯⋯⋯⟩ ♥ 이치노세 남매

　바람은 최악의 행위다. 모든 것이 밝혀졌을 때 누구도 행복해지지 않는다. 윤리적으로도 잘못되었으니 처음부터 그런 짓은 하지 말라는 이야기다. 바람을 피우는 상대와 사귀는 사람이 친구 사이라면 분명 더 큰일이 날 것이다. 들키는 케이스는 다양하다. 스마트폰의 내용을 엿보고 말았다, 알림 화면에 표시되었다, 잠꼬대로 이름을 말했다, 수상하게 여겨져 조사를 당했다, 친구가 가르쳐줬다…… 등등.

　"아…… 사죠──── 어?"

　그리고 '마주치는 것'도 한 가지 패턴이다. 아르바이트를 끝내고 나중에 헌책방에서 나온 이치노세는 나를 보고, 나 외에도 사람이 있다는 걸 알아차려 시선을 돌리고는 굳어졌다.

　나를 사이에 두고 교차하는 이치노세 남매의 시선. 선배는 '겨우 만났다'라는 느낌이 드는 시선을 여동생에게 보내고 있었다. 그때 깨달았다. 이거 잘 생각해보니 바람도 뭣도 아닌, 그냥 남매의 재회였어. 그보다 애초에 나랑 이치노세는 사귀지도 않는 데다가 친구 사이라고 하기에도 좀 뭐하다. 그렇다, 단순한 아르바이트 선배와 후배. 다시 말해서 전혀 모르는 타인. 그러니 지금 당장 대시해서 여기서 벗어나도 괜찮을까요……!

"…………."

"미나…… 여기서 아르바이트하고 있었구나. 어머니도 입막음해둔 것 같은데, 스스로 찾는 거 엄청 힘들었어."

입을 뗀 선배는 부드러운 말투로 이치노세에게 말을 걸었다. 그렇기만 하면 착한 오빠일 뿐이겠지만…… 그, 찜통더위 때문인지 땀을 엄청 흘리는 곰 같은 체형의 남자와 가게에서 나오는 걸 기다렸다는 이 상황이 어우러져 진짜 수상한 사람처럼 보였다.

아니, 알고 있다고? 선배가 믿음직한 선도부의 청일점이라는 것쯤은. 전에 무거운 걸 옮겼을 때도 땀을 엄청 흘렸지만, 그만큼 의지가 되는 파워풀한 면을 보여 주고 그 역량과 비례할 정도로 다정하게 대해줬던, 존경할 수 있는 선배다. 응, 인기를 끌 요소가 가득해.

"하아…… 하아…………."

부탁이니까 땀을 닦아주세요, 부탁드립니다. 어째서 누가 봐도 사계절 내내 입을 수 있는 그럭저럭 두꺼운 청바지를 입고 온 건가요!

그거다, 곰 체형은 체격이 크고 의지가 돼서 인기를 끌 수 있어서 솔직히 부럽다고 생각했지만, 여름철 불볕더위에는 모처럼의 어드밴티지도 단점에 지나지 않는다. 아마 지금이 겨울이고 내가 여기에 없었다면 최고의 상황이 되었을 것이다.

"지금 마침 끝난 모양이네? 그, 저기……… 가끔은 외식이라도———"

"싫어……!"

"우와, 잠깐만, 에엑?!"

사나이, 사죠 와타루. 인생을 살면서 처음으로 다른 여자가 내 등 뒤에 숨었습니다. 옷을 붙잡고 있습니다. 누나에게 잡히는 것과는 다른 긴장감. 도망칠 수 없습니다. 반복합니다, 도망칠 수 없습니다. 이러면 소리를 지를 수밖에 없잖아…….

"미, 미나……!"

"그그그그거에요 선배, 아니거든요?! 저랑 여동생분은 선배와 후배 사이로, 아니 뭐 학교에서는 동급생이고 나이도 같지만요! 선후배라는 건 이 가게에서 아르바이트할 때의 관계거든요?! 결코 이전에 신세를 진지 얼마 안 된 선배에게 말 안 하고 여동생분과 그런 사이가 된 건 아니니께—— 아 이런, 교토 사투리 같은 게 나왔네. 죄송합니다, 말이 헛나왔을 뿐이에요!"

"미안, 사죠 군, 지금은 좀 비켜주지 않을래?"

"아, 네……."

아, 그렇지. 뒤에서 잡혀서 비킬 수 없었지. 자자, 이치노세, 네가 좋아하는 오빠라고? 모처럼 만나러 와줬으니까 이번 기회에 화해하고―― 우와아아아아?! 엄청 글썽거리는 눈으로 올려다보고 있어……! 또 앞머리 핀을 빼는 걸 잊었어! 눈이 참 크구나!

……아니, 기다려라, 사죠 와타루. 넌 누구 편이냐. 이치노세는 왜 내 뒤에 숨었지? 오빠를 정말 좋아할 텐데 이런 반응을 하고 있잖아. 내가 여기서 비키면서 '네, 여기요'라고 해도 어쩔 도리가 없지 않을까? 내가 도와줘야 하는 건 누구지? 그보다 더워, 진짜 더운데요.

"……저기, 어디 시원한 곳으로 안 갈래요?"

"사죠 군, 지금은 그런――"

"솔직히 말해서, 여기서 이런다고 해도 아무것도 안 변해요. 그리고 여동생분을 땡볕에 그냥 둬도 되나요?"

"………알았어."

"갑시다. 바로 근처에 앉을 수 있는 곳이 있으니까요."

◆

처음엔 패밀리 레스토랑에 들어가려고 했지만, 여러 사정이 있어 편의점 2층에 있는 이트 인 스페이스에 들어갔다. 이런 구조의 편의점은 역 근처에밖에 없으니 운이 좋았다. 미안하지만 선배는 먼저 2층으로 보내고 나와 이치노세는 나중에 따라갔다. 지금 이 남매를 단둘만 있게 두는 건 진짜 위험하다.

"―――선배, 일단 이걸로 닦아주세요."

"아, 응……… 고마워. 돈 줄게."

"………네. 아, 아뇨, 다음에 줘도 괜찮아요."

보고 있을 수 없을 정도의 땀 분출량. 한낮이라 사람도 적고 샐러리맨 같은 사람들은 구석에 있는 흡연실에 볼일이 있는 것 같아, 사 온 수건으로 당당하게 닦도록 권했다. 앉는 것도 기분이 나쁠 테니, 일단 이치노세는 앉히고 나는 "덥네요~"라고 말하면서 부채질을 하며 선 채로 대화가 끊어지지 않도록 했다. 냉방 잘 되네~.

"미안해, 사죠 군……… 그, 잠시 냉정함을 잃었어."

"아닙니다. 뭐…… 신경 쓰지 마십시오."

존댓말이 너무 익숙하지 않아 이상하게 심하게 정중한 말투가 되고 말았다. 그래도 선배는 진지하게 사과했다. 미안한 마음은 있겠지만, 마음속으로는 분명 한시라도 빨리 이치노세와 이야기하고 싶다고 생각하고 있을 것이다.

선배의 심정을 헤아리다가 이치노세와 눈이 맞았다.

"아………."

자리에 앉아 선배 쪽도 힐끔힐끔 보면서 어떡하면 좋을지 모르겠다는 표정을 짓고 있었다. 그런 건 나도 몰라…….

이제 괜찮다고 하는 선배. 확실히 땀이 식어 괜찮은 느낌의 곰으로 돌아와 있었다. 이트 인 스페이스는 다른 2인석이 만석이라 선배는 그대로 이치노세 맞은편에 앉혔다. 나는 빈 의자를 가져와 두 사람 옆에 붙어 앉았다. 이 남매의 사이가 어떤지는 모르지만, 뒤는 둘이서 알아서 하게 두자는 마음은 들지 않았다. 뭐…… 제삼자에게는 제삼자 나름의 행동 방식도 있으니 신경 쓸 필요는 없으려나?

"전에 학교에서 운반팀을 지휘한 선배…… 역시 사귀고 있었군요."

"……!"

딱 굳는 선배. 아니, 왜 그렇게 '큰일이다, 들켰다'라는 분위기인 검까. 학교에서 엄청 꽁냥거렸다 아입니까……! 사귀는 걸 넘어가 서로 딱 달라붙어 있었다이가, 드브 디지고로! 부럽다! 이치노세가 '현장'을 봤으니 새삼스럽다는 생각이 들지만. 찐한 뽀뽀는 충분히 베드신입니다. 싫다…… 배려해줘야지.

"———그래……… 유리랑은 한 달 이상 전부터 사귀고 있어. 알고 있는 걸 보니 미나한테 들은 것 같구나?"

"아, 아니 뭐 그러니까……… 네."

분위기를 보고 눈치챈 거지만, 이치노세 선배가 먼저 사귀자고 한 건 아닌 듯했다. 유리 선배는 분명 여러 요소가 합쳐져 이치노세 선배에게 반했을 것이다. 이 사람은 조금만 엮여도 좋은 사람이라는 걸 알 수 있으니까. 유리 선배는 그걸 한 몸에 받고 반했겠지…….

"이치노세── 아, 그게 아니라, 여동생분이 아르바이트를 시작한 이유는 알고 있나요?"

"직접 듣거나 하진 않았으니까 엄밀하게는 모르지만…… 그래도 대략적으로는."

"………혹시, 계속 말을 안 하고 있나요?"

"……….."

정답인 것 같다. 아무래도 이치노세는 아르바이트를 시작한 뒤부터 쭉 선배와 말을 안 한 것 같다. 같은 집에 살고 있으면서 그런 일이 가능할까………? 부모님이 뭐라고 할 것 같은데. 아니, 아르바이트에 대해서는 선배한테 말 안 했다고 했었나. 선배는 어머니가 가르쳐주지 않았다고 했으니까 부모님이 잘 조처하고 있었던 걸지도 모르겠다.

요즘 이치노세는 좋은 의미로 기세를 타고 있었으니, 설마 집안이 그렇게 됐을 줄은 전혀 생각하지 못했다.

"……….."

선배의 침묵을 받고 이치노세를 보니 고개를 휙 돌려 외면했다. 선배는 적극적으로 대화를 시도하려는 것 같으니, 아마 이치노세 쪽이 피하고 있겠지. 아니, 마음은 알겠지만, 그래도 이 반응은 떳떳하지 않다고 여기는 느낌이 든다. 비슷한 얼굴을 몇 번인가 봐왔기 때문에 안다. 이 이상 거북할 수가 없겠지. 나도 이런 건 싫다.

"……저, 나갈까요?"

"미안…… 방금 일은 사과할 테니까 조금만 더 있지 않을래?"

"……옙."

거북한 분위기. 원래 도망칠 생각은 없었지만, 결국엔 도망칠 곳이 사라져 긴장되기 시작했다. 일단 상황을 파악하기 위해 어느 쪽에도 붙지 않고 상황을 보기로 했다. 제삼자 나름대로 예상해봤다.

다른 집안 남매의 사이가 위험한 건에 대하여. 이치노세의 '오빠와 떨어지겠다'라는 각오는 아르바이트에 임하는 자세로 보여줬고, 무엇보다 이야기를 들어버린 이상 힘이 되어주고 싶다는 마음도 든다. 하지만 실제로 지금의 이치노세가 선배를 어떻게 생각하고 있는지는 알 수 없다. 전에는 저 곰의 배 같은 배를 등받이 삼아 독서에 열중할 정도로 사이가 좋았다고 하지만, 아무리 좋았던 사이라도 한번에 뒤집히지 말란 법은 없다.

알다가도 모르겠다. 손을 쓸 방법이 없다. 하지만 여기서 내가 벗어난다고 해도 결말이 나지 않을 것 같다. 지금은 일단 조용히 지켜보는 수밖에 없다.

"미나, 내 이야기를 들어주지 않을래?"

"……………."

드디어 선배가 말을 걸어 움찔하는 이치노세. 내가 보기에는 짜증 나는 손님과 비교하면 1억 배는 겁먹을 필요 없는 상대다. 오히려 지금의 이치노세라면 그런 손님을 상대로 당당하게 행동할 수 있지 않을까. 친한 상대일수록 사이에 금이 갔을 때 어떻게 하면 좋을지 알 수 없게 되니까.

선배는 이치노세에게서 눈을 돌리려 하지 않았다. 지금이 자리에서 자신과 동생의 엇갈림을 어떻게든 하겠다는 기개가 느껴졌다. 과연, 이러니 시노미야 선배 치하의 선도부에 소속되어 있을 만하다. 어디선가 통하는 부분이 느껴진다.

"나, 나, 는⋯⋯⋯⋯."

이에 마주하는 이치노세. 겨우 낸 목소리는 심하게 떨리고 있었다.

지금까지 계속 오빠에게 보호받고 도움받고 온기를 받아온 이치노세가 시노미야 선배처럼 강한 의지 같은 것을 마주하고 있다. 지금까지 비슷한 일이 있었을까. 분명 없었겠지. 선배는 성격을 봤을 때 아마도 타이르듯이 혼내는 타입일 것이다. 내가 동생이었으면 자신이 혼나고 있다는 자각도 없이 언동을 고쳤을 것이다.

"⸺⋯⋯웃⋯⋯."

이치노세는 도움을 구하듯이 나를 바라봤다. 아니 잠깐만, 뭐야 그 킬러 패스. 무리거든. 게다가 대화를 이어나가서 겨우 이치노세한테 막 넘긴 참이니까. 부탁이야, 조금만 더 힘내. 나중에 마시멜로 사줄 테니까. 버블티도 괜찮으니까.

고개를 젓고 '말해줘'라며 눈으로 호소했다. 이치노세는 눈을 크게 뜨더니 이번에는 눈을 꼭 감은 다음에 선배를 올려다봤다.

"……뭐야, 오빠."

표정이 달라졌다. 게다가 올려다보는 눈이 약간 가늘어져 그야말로 전투태세라는 느낌을 줬다. 뒤로 위협하는 레서판다가 보였다. 내 제스처를 이상하게 받아들인 게 아니었으면 좋겠는데.

선배는 그런 이치노세의 모습에 놀란 것 같았다. 관자놀이를 타고 흘러 떨어진 건 식은땀인가. 정장을 입은 판다가 곤란한 듯이 손수건으로 땀을 닦는 모습이 떠올랐다. 왜 이쪽은 캐릭터 같은지는 나도 잘 모르겠다.

"그, 유리하고는 1학년 때부터 알고 지낸 사이야. 지금까지는 학교에서 만나면 이야기하는 정도였으니까, 네가 유리를 모르는 건 당연한 일이야. 그래도 선도부에서 2년 반이라는 시간을 함께 보내온 나에게 있어서는 정말 큰 존재야."

"………."

"사귀기 시작하고 널 내버려 둔 건 내가 잘못했어. 전처럼 같이 책 읽자, 같이 자자."

잠깐만, 같이 잤어?

아니, 응, 뭐…… 딱히 상관없지 않나? 그…… 불순한 일 같은 게 없으면, 아무런 문제가 없다고 해야 할까, 부모 님도 용인하고 있다면 아무 걱정 없달까……. 어쨌든 진짜 사이좋았구나. 이런데 이치노세가 만약 사사키의 여동생 이었다면 큰일이 났을 것이다. 힘내라, 사사키.

"……………."

소리 없는 의지. 표정이 모든 것을 말해주고 있다. 뭐가 같이 책을 읽자는 거냐, 뭐가 같이 자자는 거냐——— 그 런 불만이 역력히 보였다. 지금까지 착한 오빠를 인상 쓰 고 본 적이 없는지, 째려보듯이 쳐다보고, 눈을 내리뜨고, 이래저래 갈등이 느껴져서 도리어 보고 있는 내가 괴로워 지기 시작했다. 뭐, 분명 **그런 게** 아니겠지.

나의 오빠. 나만의 오빠. 오빠를 꽤나 깊이 사랑하는 여 동생의 마음은 실제로 현역 여동생인 Y 씨로부터 역설을 들은 적이 있어 잘 알고 있다. 누구에게도 주고 싶지 않다, 자기 이외의 사람을 안지 않았으면 한다, 자기 이외의 여 자를 보지 않았으면 한다, 나만을 보고 있으면 된다. 네 그 렇습니다, 이건 극단적인 예입니다.

말하자면 이치노세는 두 사람이 헤어지길 원할 것이다. 오빠의 부드러운 배를, 따뜻함을 빼앗고, 자신만의 장소라는 독점권을 빼앗은 유리 선배를 받아들일 수 없는 것이다. 그리고 그것이 단순한 고집이라는 것도 분명 자각하고 있다.

"……미나………?"

말할 수 있을 리가 없다. 왜냐하면 선배는 전혀 나쁘지 않으니까. 고등학교 3년── 수험 시기가 되어서 처음으로 손에 넣은 아련한 청춘. 분명 선배는 그걸 소중히 하고 싶을 것이고, 이치노세에게도 자신뿐만 아니라 오빠가 행복해졌으면 한다는 마음이 있을 것이다.

토해내느냐, 참느냐.

"───긴……."

"어?"

"거긴……… 이제 유리 씨의 자리니까."

"미나………."

커다랗고 처진 눈. 똑바로 선배에게 향한 눈동자는 흔들리고 있었다. 솔직히 그게 얼마나 괴로운 일인지 이해하는 것은 불가능하다. 여동생이 된 적도 없고, 그보다 될 수가 없고. 뭣하면 있으면 좋겠고.

"미나…… 유리는 그런 참견 하지 않아."

뭐, 물고 늘어지겠지. 그리고 유리 선배도 진짜로 참견 안 하겠지. 여동생이니까.

이치노세가 오빠를 정말 좋아하듯이 선배도 동생인 이

치노세를 정말 좋아하는 모양이다. 건전…… 건전? 한 듯
해서 다행이다. 어딘가의 남매와는 천지차이다. 힘내라 오
사카. 잘못 말했다. 사사키.

"하지만……! 유리 씨한테 미안하니까……!"

"그런 거 신경 쓸 필요 없어. 무엇도 주저할 것 없어."

잔혹한 감언. 이치노세의 진심은 선배에게 전해지지 않
는다.

당연한 일이다. 이치노세가 이렇게까지 노력하는 건 '오
빠와 떨어지고' 싶기 때문. 그런 이유로 아르바이트까지
하며 노력하는 여동생은 일본 어디를 찾아봐도 이치노세
밖에 없을 것이다. 그런 생각지도 못한 의도에 선배가 도
달할 수 있을 리가 없다. 더구나 유리 선배가 **스며든** 품에
몸을 맡긴다고 해도 이젠 그곳은 이치노세가 바라는 장소
가 아니다.

어느 쪽이 옳지……? 어느 쪽이 잘못됐지……?

선배는 그저 유리 선배와 사귀었을 뿐이다. 아무런 잘못
없다. 이치노세는 그런 현실을 받아들이지 못해 도망쳤다.
도망친 끝에 이른 곳이 그 헌책방이고 한계에 다다라 바닥
에 머리를 문지르면서까지 지금도 계속 도망치고 있다.

"아르바이트를 시작한 것도 아마 나 때문이지? 돈이 궁
하지 않은 데 그런 걸 할 필요는 없을 것 같아."

"그, 그렇지 않아………."

필요 없지, 응.

이치노세의 취미는 독서다. 신간을 산다면 지출이 많을지도 모르지만, 책을 가리지 않는 타입이니 헌책방에서 해결할 수 있다. 조금 오래된 책이라면 100엔 동전 하나로 살 수 있기도 하니 돈이 궁할 일은 없지 않을까. 한 달에 용돈을 5,000엔이나 받을 수 있으면 하루에 한 권 페이스로 읽어도 잔돈이 남는다.

"접객업은 힘들다고 들었어. 미나가 그런 고생을 안 했으면 좋겠어."

"고, 고생 같은 건………."

"미나."

"아………."

정말 좋은 오빠다. 학교 후배로서 이런 선배를 알게 된 것이 자랑스럽다. 조금이라도 좋으니 손톱 때를 달여서 누나에게 먹이고 싶을 정도다. 이렇게 착한 오빠가 있어서 이치노세가 엄청 부럽다. 아니, 이젠 어느 쪽이 잘못했는가 하는 문제 따위는 아무래도 좋지 않아? 둘 다 이성적인 인간이니 나 같은 게 사이에 끼어들 필요는 전혀 없을 것 같은 느낌이 든다.

그런 생각을 하고 있으니, 2층 입구 쪽에서 파닥파닥 달리는 소리가 들렸다.

"기다렸지! 이치노세 군!"

와, 그건 아니죠, 유리 선배.

12장 ♥ ⟨…………⟩ ♥ 박온 것

(이젠 틀렸어……….)

이치노세 미나는 오빠와 대화를 하면서 발전 가능성이 없다는 걸 느끼기 시작했다. 일의 발단은 오빠가 교제 상대와 한창 사이좋게 대화하는 모습을 목격해버린 것이다. 하지만 거기서 넘친 감정은 그 교제 자체가 시작됐을 때부터 쌓이기 시작했었다.

"아르바이트를 시작한 것도 아마 나 때문이지? 돈이 궁하지 않은데 그런 걸 할 필요는 없을 것 같아."

"그, 그렇지 않아………."

괴로워진 나머지 나온 반론. 그녀의 손에는 더 이상 오빠를 꺾을 수 있는 카드는 남아 있지 않았다. 처음부터 조금도 오빠가 나쁘다고 생각하지도 않았다. 당연하다. 그녀는 처음부터 자신에게 잘못이 있다고 생각하고 있으니까. 이건——— 그녀에게 있어서 단순한 고집이나 마찬가지다.

"접객업은 힘들다고 들었어. 미나가 그런 고생을 안 했으면 좋겠어."

"고, 고생 같은 건………."

"미나."

"아………."

타이르는 듯한 목소리에 섞인 압력. '이제 그만해'라고 구슬리는 것처럼 들렸다. 거북한 시선을 받아 미나는 기가 죽어버렸다. 다만 잘못을 자각하고 있는 마음에 지지 않을 정도로 왜 언제나처럼 자신의 마음을 몰라주는가 하는 생각에 불만이 커졌다.

그런 때에 1층으로 이어지는 계단이 있는 오른쪽에서 달려오는 소리가 들렸다. 오빠와 둘이서 뒤돌아보았고, 미나는 너무 놀란 나머지 눈을 휘둥그레 떴다. 동석한 소년——사죠 와타루도 한 박자 늦게 그쪽을 돌아봤다.

"——기다렸지! 이치노세 군!"

왜, 어째서 여기에! 오빠는 이 이상 무엇을 할 생각인가. 미나의 머릿속에서 의문이 메아리쳤다. 어떻게 하면 좋을지 알 수 없어져 도피하는 소녀는 아까 전과 마찬가지로 대각선 앞에 있는 소년을 바라봤다.

"왔구나, 유리."

"응. 이치노세랑 미나만의 문제가 아닌 것 같아서……. 그리고 오랜만이네, 사죠 군. 체험 입학 때는 고마워."

"………아뇨, 아니에요. 저야말로 오랜만이네요."

"어………?"

미나는 놀라서 와타루를 응시했다. 오빠의 여자친구와 아는 사이……?

그러고 보니 원래부터 오빠를 알고 있다고 했었다. 혹시 단순히 알고 있을 뿐만 아니라 엮인 적이 있는 걸까. 말로 표현하면 냉정하지만, 그런 뉘앙스의 의문이 온갖 표현이 되어 머릿속에서 소용돌이쳤다. 지금은 책을 읽어 몸에 밴 어휘력이 원망스러웠다.

"아아, 앉으세요, 선배."

"아, 미안해. 사죠 군."

(━━━아.)

미나에게 있어서 의지가 되는 소년이 비켜섰다. 거기에 오빠의 여자친구━━ 유리가 앉았다. 그렇다면 소년은 어디에 앉는가. 설마 이대로 돌아가는 게 아닐까 하는 불안이 미나의 가슴속에 퍼졌지만 그건 기우였던 모양이다. 소년은 생각하는 듯한 몸짓을 하면서 미나 뒤쪽에 자리 잡았다. 마치 미나의 편에 붙은 것 같았다.

(………왜…………?)

사죠 와타루━━ 미나의 아르바이트 선배이자 학교에서는 동급생. 전까지는 시끄러운 존재 중 한 명이었지만, 아르바이트 후배가 된 후에 처음으로 나에게 인생 경험의 차이를 보여줬다. 느슨한 부분은 있지만 잘못된 점은 끈기 있게 설명해줬다. 미나의 성격으로는 어떻게 할 수 없는 가운데, 수중에 있는 한정된 패 중에서 최적의 카드를 선택해줬다.

하지만 무엇이 맞고 무엇이 틀렸는가. 그 부분에 대한

선은 확실하게 그은 것처럼 느껴졌다. 잘못된 것이 있으면 언제든지 날카롭게 말했다. 실제로 미나도 자신에게 잘못이 있다는 걸 자각하고 있기에 아무런 대답을 할 수 없었다.

이번에도 그건 똑같다.

다시 말하지만, 미나는 자신의 잘못을 자각하고 있으면서 저항했다. 이 소년이 그걸 눈치채지 못했을 리가 없다. 여기서 오빠와 이야기하고 있을 때 소년이 이쪽을 주목할 때마다 뜨끔했다.

그가 자신의 편을 들어줄 일은 없다. 미나는 그에게 기대하지 않았다. 다만 말없이 '자, 말해줘'라고 말하는 듯이 호소하는 눈이 계속 벼랑에 선 미나의 등을 밀려고 했다.

"유리, 그러니까……."

오빠가 여자친구에게 지금까지의 경위를 이야기했다. 당연히 그 내용에 미나의 심정 따위는 포함되어 있지 않았다. 어쩔 수 없는 일이었다. 미나는 아직 예스인가 노인가를 대답하기만 했을 뿐, 그 이유를 설명하지 않았으니까.

하나오카 유리. 활발하고 성실하지만, 오빠 앞에서는 빈틈투성이가 되어 어리광부리는 존재. 이 후자의 요소야말로 미나가 인정할 수 없는 부분이었다.

오빠를 빼앗은 존재. 어두운 감정이 일어나지는 않았지만, 미나는 그저 쓸쓸하고 슬펐다. 오빠가 교제를 시작한 이후에 언제나처럼 커다란 몸의 온기에 감싸인 적이 있었다. 하지만 거기서 느낀 건 오빠의 향기가 아니었다. 어쨌든 그 사실이 서운해서 견딜 수가 없었다.

그저 옳을 뿐인 해바라기 여자친구가 미나에게 시선을 돌렸다.

"오랜만이네, 미나."

"아, 네………."

목청이 크지도 않은데 발랄한 목소리. 그 목소리를 한 몸에 받고 미나의 머릿속은 새하얘졌다. 뭐라고 말하면 좋을지 모르겠다. 아무 생각도 나지 않았다.

"네가 갑자기 아르바이트를 시작했다고 들어서, 이치노세 군이랑 둘이서 왜 시작했을까 하고 생각했어. 서로 이야기를 나누고 미나가 자기가 있을 곳을 찾기 위해서 그런 게 아닐까 하고 생각을 했어. 왜냐하면 네가 있을 곳에 내가 들어가 버렸으니까."

"……윽………."

미나의 몸이 떨렸다.

가혹하도록 올바른 지적이었다. 그 말대로 미나는 새로 있을 곳을 구했다. 친구 같은 건 없다. 오빠에게 어리광부린다고 해도 이젠 자신에게 있어서 지금까지 봐왔던 오빠는 없다. 거북해서 어쩔 수가 없었다. 오빠와 얼굴을 마주하는 게 싫어졌다. 그래서 지푸라기라도 잡는 심정으로 헌책방에 뛰어든 것이다. 더는 오빠를 찾지 않아도 되도록.

하필이면 유리는 눈을 돌리고 있던 어둠에 빛을 비췄다.

"하지만 미나, 난 네가 있을 곳을 빼앗거나 하지 않아. 지금까지와 마찬가지로 이치노세 군한테 어리광부렸으면 하고, 그러는 편이 나도 기쁜걸. 동생인 너의 당연한 권리야."

아니다. 있을 곳이 비어있는가의 문제가 아니다. 하나오카 유리—— 이 존재가 거기에 있다는 것이야말로 문제다. 내 일상에 난데없이 나타난 이분자, 무엇보다 소중했던 오빠에게 '여자'라는 마킹을 하고 날벌레인 자신을 쫓아냈다.

하지만 그래도 자신은 날벌레다. 오빠 주위를 날아다니며 다른 존재를 배제해버린다. 여동생으로서 미나에겐 오빠의 행복을 막을 이유는 없을 것이다. 하지만 오빠를 빼앗기고 싶지도 않다. 세상 사람들이 보기엔 귀엽다고 생각할만한 고집일지 몰라도, 미나 입장에서는 그런 자신이 심하게 추하게 느껴졌다.

"미나는 내성적인 아이니까 아르바이트를 계속하는 것도 큰일이잖아? 지금 이야기를 들어 보니까 접객도 해야 하는 것 같고, 너한테는 아직 이르다고 생각해."

그렇긴 했다. 무엇보다 미나 뒤에 서 있는 소년도 예전에 그런 말을 했다. 아르바이트를 그만두고 부모님께 용돈을 받아 생활하면 된다고. 하지만 그건 아니다. 내가 고생을 사서 하는 이유는 그렇게 가볍지 않다.

———독립하기 위해. 그 마음만큼은 부정당하고 싶지 않았다.

"이, 이르지 않아요."

"왜 그렇게까지……."

똑똑히 말했다. 1대3. 미나를 인정할 수 있는 건 다른 누구도 아닌 미나 자신뿐. 어리석은 짓이라는 자각이 있으니, 뻔뻔하게 구는 꼴이었다. 하지만 그래도 양보할 수 없는 선이 이치노세 미나 안에 있었다. 그걸 지키기 위해서라면 다시 도망쳐서라도 지켜낼 것이다. 적어도 지금까지 아르바이트 생활을 하면서 얻은 것도 있다.

"미나, 왜 그렇게 고집을 부리는 거야. 지금까지 한 번도 이런 적이 없었잖아."

"부탁이야 미나. 난 이런 일로 이치노세 군의 가족을 부수고 싶지 않아………. 돌아와."

"……………."

작은 격정이 북받쳐 올라왔다. 그와 동시에 갈등도.

이 울분은 어디서 풀어야 할까. 그렇지, 눈앞에 알맞은 테이블이 있지 않은가. 하지만 그건 보기에도 굉장히 딱딱한 아크릴 재질 판이다. 책밖에 읽어오지 않은 작은 손을 부딪치는 것은 망설여졌다. 그래도 미나는——— 아아, 이제 손도 마음도 다시 아파지겠구나, 라며———

"———저기, 두 분. 조금만 더 이치노세의 이야기를 들어 보시지 않겠습까?"

"어⋯⋯?"

미나의 뒤에서 들린 말. 지금 상황에 어울리지 않게 굉장히 가벼운 톤이었다. 지금까지 가만히 지켜보고 있던 소년이 미나의 옆에 왔다. 지금 막 손으로 내려치려고 한 곳에 살며시 손을 놓았다.

(⋯⋯⋯어?)

상황 파악이 안 됐다. 이 소년은 왜 끼어든 것인가. 자신은 잘못되었다. 자각하고 있다. 이 소년이 오빠와 그 여자친구의 설득을 가로막을 이유는 없다.

"저기, 사죠 군⋯⋯ 무슨 소리야?"

"아니, 애초에 이치노세는 잘하고 있어요. 요즘엔 의욕과 향상심만으로도 절 감탄하게 만들어요. 뭐, 처음엔 스스로 서툴다고 의식하는 면이 강했지만, 그런 건 누구든지 똑같잖아요?"

"⋯⋯."

그럴 리가 없다고 말하고 싶은 듯이 오빠가 부정적인 목소리를 냈다. 지당한 반응이다. 왜냐하면 오빠는 알고 있다. 나는 낯을 가리고 내성적이고 소극적이다. 괴로우면 바로 꺾이고 마는, 그런 약한 존재다. 그게 미나와 오빠의 공통된 인식이다.

"그런데 왜 이치노세가 아르바이트를 힘들어할 거라는

전제를 하고 이야기를 하는 거죠? 아르바이트 선배로서 가만히 있을 수 없네요."

"아, 그건………."

"자립하기 위해서—— 이치노세한테서 아르바이트를 시작한 이유는 그렇게 들었어요. 뭐 이상한 점이라도 있나요?"

"사죠 군, 그건 표면적인 이유야. 이건 내가 미나를 소홀히 해서 일어난 문제야."

'자립은 표면적 이유'. 그 말대로다. 너무 정확해서 미나는 눈을 깔았다. '자립'이라는 말은 표면적 이유에 불과하다. 불순한 동기로 아르바이트를 시작했다. 오빠에 대한 경애를 팽개쳐서라도 그 거북한 환경에 돌아가고 싶지 않았으니까. 그래서 엎드려 빌어서라도 어떻게든 노력하는 수밖에 없었다. 그렇게 오빠에게서 떨어지는 것이야말로 나의 자립. 그것이 괴로웠냐고 묻는다면 부정할 수 없다. 정말 몇 번을 꺾일 뻔했던가.

"——아니 그러니까. 아무것도 이상하지 않고 잘못되지 않았잖아요."

"………어?"

"어……."

그렇다고 하는데, 어째서.

다시 단언하는 소년에게 시선이 모였다. 그는 당연하다

는 듯이 말해버렸다. 무슨 뜻인지 다 같이 다음 말을 재촉했다.

"정말 좋아하는 오빠를 유리 선배한테 빼앗겨서 질투하고, 그런 거북한 환경에서 도망치기 위해 아르바이트를 시작했다─── 이 동기의 어디가 이상하냐는 말이에요. 선배 두 분이 사귀어서 동생을 소홀히 대한 것도, 그 때문에 동생이 오빠에게서 떨어지려고 하는 것도, 전부 당연한 일이잖아요."

"하지만…… 그거랑 우리의 마음은 상관없어."

"마, 맞아. 우리는 정말로 미나를 소중히 여기는데……."

"선배님들, 지금 이치노세가 몇 살이라고 생각하세요?"

"………."

약간 불쾌해하는 목소리. 미나는 이 목소리를 알고 있다. 진의까지는 파악할 수 없지만, 그 목소리는 분명 예전에 내가 걷는 길을 바꾼 목소리였다. 그 목소리가 없었다면 난 아직도 어디에 있어도 우왕좌왕하기만 했을지도 모른다. 무서운 건 변함없지만.

"이치노세는 이제 고등학생이에요. 이치노세에게 어른이 될 권리는 없나요?"

"어, 어른……?"

"정말 도망치고 싶다는 이유만으로 노력할 수 있을까요? 정말 좋아하는 오빠를 빼앗겨도, 질투심에 사로잡혀도, 이치노세는 자신의 마음을 억누르고 분발해서 아무리 못하는 일이라고 해도 진정한 의미로 두 사람을 축복하기 위해 이 길을 걷고 있어요. 이치노세한테서 그 기회를 빼앗을 작정인가요?"

"그, 그럴 생각은………."

"선배…… 동생과 떨어지라는 말은 제 입으로는 할 수 없어요. 하지만 '동생은 언제나 내 곁에 있는 게 당연'하다는 생각은 잘못되지 않았을까요. 동생이 오빠에게서 멀어지면 더는 다 같이 웃을 수 없나요……? 그렇진 않잖아요."

"………."

그 말은 미나의 마음에도 꽂혔다. 자각도 하고 있었다. 정말 좋아하는 오빠가 항상 자기 곁에 있어야 한다는 생각은 이기적인 생각이다.

하지만 그래도 납득이 안 됐다. 그래서 미나는 자신이 틀렸다는 걸 알면서도 현실에서 눈을 돌려 아르바이트를 시작했다. 설마 지금 와서, 옆에서 편을 들어주고 있는 그가 그걸 눈치채지 못했을 리가 없다. 잘못되었다면 정정될 것이다. 대체 왜, 어째서……….

"아르바이트 선배로서 말하자면…… 지금 여기서 이치노세의 미래를 정하는 건 아직 이르다고 생각합니다. 앞을 위해서라도 이치노세 자신이 어떻게 하고 싶은지를 스스로 설명할 수 있게 될 때까지 기다려야 한다고 생각하는데요."

"…………."

타협점. 제삼자에 불과한 소년은 절충안을 제안했다. 적어도 마지막에 한 말은 쌍방을 지지하는 것이기도 하면서, 한편으로는 지지하지 않는 것이기도 했다. 다시 말해서 던진 것이다. 원래 그것이 바람직한 형태니까. 애초에 미나가 간단히 그만둬버리면 헌책방이 곤란해진다.

두 살 어른인 선배 둘은 그 의미를 곱씹었다. 단순히 유치한 싸움이었다고 끝낼 일이 아닐지도 모른다고, 겨우 그렇게 생각하게 되었다.

'이치노세 미나는 어른이 되려 하고 있다'. 적어도 이 말은 확실히 컸다. 오빠에게도, 언니가 되길 바라는 여자친구에게도.

◆

"미나, 오늘은 이만 집에 가자. 유리, 일부러 오게 해서 미안해."

"아냐, 괜찮아."

살짝 다가붙어 나란히 서는 두 사람. 미나는 그런 두 사람을 따라갈 마음이 들지 않았다. 그리고 마음에 걸리는 일도 아직 남아 있다.

"……머, 먼저 가."

"윽………."

먼저 가라는 말을 전하니 슬픈 듯이 뒤돌아보는 오빠. 그 모습을 보니 미나도 가슴 안쪽이 따끔했다. 하지만 이전만큼은 아니다. 오빠에게는 슬퍼도 옆에서 받쳐줄 사람이 있다.

그런 시선 끝에 선 그녀는 미나를 보고 마음을 헤아린 것처럼 오빠의 팔을 끌어 계단 쪽을 향해 갔다. 그녀에게도 짚이는 구석이 있는 것이다. 거리낌 없이 오빠를 데리고 가줘서 미나는 감사함을 느꼈다.

"……뭐, 이런 상황에서 저 둘을 따라가는 건 무리겠지."

"으……… 네."

따라가지 않은 이유는 둘. 방해하고 싶지 않았고, 지친 얼굴로 축 늘어져 앉은 소년에게 가슴에 쌓인 의문을 던지고 싶었기 때문이다.

그는 미나가 남은 이유를 물어보지는 않았다. 생각해보면 그는 원래 사람의 미묘한 마음에 민감한지, 내가 당황하면 속마음을 헤아려줬다. 아르바이트한 덕분에 그렇게 된 것인지, 미나는 그 이유를 알 수 없었다. 하지만 미나는 물어보고 싶었다. 왜 지금 와서, 이 추한 부분을 꿰뚫어 보고 있으면서 자신을 나무라지 않는지.

"저, 저기………."

"응?"

"왜………."

왜 편을 들어준 건가.

난 분명 잘못했을 것이다. 추한 감정이 있으면서 소리 높여 주장할 용기도 없어, 그저 작은 동물처럼 위협하는 것밖에 못 했다. 평소라면 그도 오빠의 말을 따르듯이 꾸짖었을 것이다.

사죠 와타루가 한 모든 말이 미나를 대변한 것은 아니었다. 미나는 진심으로 그 두 사람을 축복하기 위해서 독립하겠다는 생각을 한 적이 없다. 아르바이트를 계속하며 오빠와 유리, 둘로부터 계속 도망친 끝에는 대체 어디로 가면 좋은가. 그의 말은 손에 들고 있는 패에 없는 새로운 카드를 들어 이정표를 비춰주는 은혜 그 자체였다.

"이. 이건 제가……… 잘못한 게…………."

"아니, 그야 지금은 딱히 아르바이트 중도 아니고. 옳은가 그른가는 아무래도 좋지 않나 싶어서. 그건 자신이 알고 있으면 되는 거 아냐?"

"네………?"

잘못됐다고 해도 알 바 아니다. 미나는 와타루의 예상치 못한 속마음에 동요했다. 아르바이트 중에 입에 신물이 나도록 주의한 사람이 하는 말이라는 생각이 들지 않았다. 대체 무슨 바람이 분 것이냐고 눈으로 호소했다.

"아까도 말했지만, 여기에 왔을 무렵부터 생각했어. 오빠에게 여자친구가 생기면 여동생이 오빠와 멀어지는 일이 생겨도 이상하지 않다고. 그래서 난 내가 아르바이트 선배로서 봐온 모습으로 판단하자고 생각한 거야."

사죠 와타루가 봐온 것. 미나는 대체 어떤 것인지 생각했다. 어느 날 아르바이트생으로 내가 추가되고, 자신의 미숙함으로 큰 폐를 끼치고, 꼴사나운 모습을 보이고, 수고를 끼치게 만들어 간신히 지금에 이르게 된 경위를 말하는 걸까.

"아까 기세 좋게 한 말은 그럴듯한 말을 늘어놓은 것일 뿐이야. 어떻게든 설득해내서 시간은 만들었어. 물론 다 사실이라고 생각해서 한 말이지만, 그건 내가 전하고 싶은 게 아니야."

그럼 뭐란 말인가. 마음속에서 내버렸을 터인 **기대**가 부상했다. 뒷내용을 아는 게 두려운 동시에 강하게 알고 싶다고 생각했다. 어딘가 상대하기 싫다고 생각하면서도 어느덧 의지해버리는 아르바이트 선배의 본심을.

"이치노세는 '착실하게 아르바이트를 계속한다'라는 의지를 다지고 들어왔지. 그걸 몰랐을 때는 그만두지 않은 게 그저 놀랍기만 했지만…… 알고 난 뒤에는 이치노세의 행동 하나하나에 이치노세 나름의 무게가 있다고 생각했어."

설마.

설마 그렇게 생각해줄 줄은 몰랐다. 아직도 성가시게 여기고 있다고 느끼고 있었다. 마음속으로 바보 취급당하고 있다고 생각하고 있었다. 그런 식으로 내 사정을 생각해주고 있을 줄은 생각지도 못했다.

"선배들이 이치노세를 찾으러 왔어. 이제 아르바이트를 그만둬야 한다고 말했어. 그렇게 하는 편이 어쩌면 주위 사람들 보기에는 옳은 선택일지도 몰라. 그런데 만약 그렇다면, 이치노세는 지금까지 한 노력은 대체 무엇을 위한 게 되냐는 말이야."

"아………."

그렇다, 그 감언을 받아들였다면 모든 것이 수포가 되었을 것이다. 응석을 부리면 다시 원래대로 돌아가고 만다. 애매하게 납득하지 못한 채로 지낸 오빠와 오빠의 여자친구를 배려하기만 하는 관계가 그저 한결같이 쭉 이어졌을 것이다.

"비난받고, 사과하고, 혼나고, 안 좋은 일밖에 없어도, 이치노세는 착실하게 손님과 눈을 맞추고 접객할 수 있게 노력했고, 가끔이지만 제안도 할 수 있게 되었어. 난 그런 모습을 선배로서 옆에서 봐왔어. 이치노세는 확실히 노력해왔어."

"아아…………."

소년은 이어서 말했다. 어디까지나 자신이 납득할 수 없어서 끼어든 것이라고. 감정에 몸을 맡기고 자신이 아는

'이치노세 미나'를 주장하기 위해 그녀 옆에 나란히 있었다고. 이 한 달은 결코 쓸데없는 것이 아니었다고.

이렇게 키운 후배를 간단히 빼앗기고 싶지 않았다고.

"――――그게 전부 헛수고가 되다니, 납득할 수 있을 리가 없잖아."

소년은 역시 그녀를 울리고 말았다.

13장 ♥ ⟨⋯⋯⋯⟩ ♥ 2학기의 시작

여름방학이 끝났다고 해도 여름의 더위는 그다지 변함이 없었다. 시원해지기 시작하는 건 대략 10월 중순부터. 그때까지는 하복을 계속 입어야 한다. 그렇다, 다시 말해서 학교에 가면 아직 나츠카와의 하얗고 가는 팔을 알현할 수 있는 것이다. 눈부신 미모는 올시즌. 서비스 정신이 왕성해 팬인 나도 대환희. 어째서 나츠카와에게 과금할 수 없는 걸까…….

"………응?"

2학기 첫날의 등교. 약간 늦게 도착하니 교문 앞이 어쩐지 떠들썩했다. 가까이 가보니 모르는 남학생이 시노미야 선배에게 잡혀있는 것이 보였다. 잘 보니 주위에는 같은 선도부인 거유 담당 미타 선배와 마스코트 이나토미 선배가 있었다. 팔에 '선도'라 적힌 완장을 차고 있으니, 복장 불량 같은 것을 체크하고 있는 것일지도 모른다. 뭐, 남자는 셔츠의 단추가 열려있거나 옷자락이 튀어나와 있는 정도이니 난 문제 없을 것이다.

"음, 사죠인가?"

"흐익……?!"

평범하게 다가가니 시노미야 선배가 보지도 않고 맞췄다.

너무 말도 안 돼서 음 이탈했을 때 나오는 소리가 나왔다. 그런 쓰레기 보이스를 듣고 나라고 확신했는지, 선배는 그때서야 이쪽을 돌아보고 허무한 웃음을 지었다. 어머, 멋져라………. 여름방학 동안 또 미남 레벨을 갈고 닦아서 온 것 같네……

"안녕, 오랜만이네, 사죠. 조금 탔나?"

"안녕하세요. 그럭저럭 탔죠………. 어, 선배 어떻게 저인 걸 알았어요?"

"아아, 기척으로."

"기척이라니."

잊고 있었는데, 시노미야 선배는 도장을 다니는 사람이었다. 분명 정신도라고 했었지. 도장에 끌려간 날의 일은 임팩트가 너무 커서 뇌리에 새겨져 있다. 어, 그렇다고 해도 경지에 도달하면 사람의 기척을 간파할 수 있는 거야? 태어날 세계를 잘못 고른 것 같은데.

"기척은 사람마다 다른가요?"

"그래, 전혀 달라."

기척, 기척이라………. 색 같은 게 있는 걸까? 여름방학이 끝난 것은 아쉽지만 학교가 다시 시작되는 것은 그것대로 기대됐다. 약간 들뜬 기분이었으니 분명 밝은색이었을 것이다. 뭐랄까, 레몬사와 같은 느낌.

"제 기척은 무슨 색인가요."

"사죠는 갈색이지."

"갈색……."

"아, 아니! 브라운이다!"

"브라운………."

뭐지? 지금 혹시 날 신경 써준 거야……?

하지만 영어로 바꿔 말한다고 해서 그렇게 기쁘지도 슬프지도 않다고나 할까……. 아아 브라운색이구나, 왠지 좋네. 내가 콩을 갈면 맛있는 커피를 만들 수 있을 것 같잖아. 실제로 아이스커피만큼은 누나의 인정을 받았다고, 아이스커피만큼은. 시노미야 선배가 봤을 때 난 엄청 하찮은 녀석처럼 보일까…….

"어라, 사죠잖아."

"사죠 군!"

미타 선배와 이나토미 선배도 알아차렸다. 두 사람에게 인사를 받아 나도 모르게 주춤했다. 오랜만이라 그런지 여자의 미니스커트가 내뿜는 자극이 얼마나 강한지 원. 무심코 보게 되잖아. 특히 미타 선배는 위쪽도.

이나토미 선배는 "나 어디 바뀐 것 같지 않아?!"라며 남자를 죽이는 질문을 했다. 밑져야 본전으로 "그러고 보니 키가 컸네요"라고 대답했더니 엄청 뛰면서 좋아했지만, 설마 했던 오답이었다. 머리의 빨간 리본을 새로 샀다고 한다. 미타 선배는 손가락으로 갈비뼈 사이를 찔렀다. 시노미야 선배는 질렸다는 눈으로 바라봤다. 당신은 그만해.

◆

　"저…… 저……… 사죠."

　"어……? 오? 이치노세!"

　평소 같으면 왼쪽으로 도는 복도. 오른쪽에서 누가 말을 걸어와 돌아보니 기둥 때문에 움푹 팬 벽 뒤에서 이치노세가 가방을 안고 얼굴을 살짝 내밀고 있었다. 왜 그런 곳이 있는가 하면 이유는 아마 하나밖에 없을 것이다.

　"안녕. 그렇게 안 숨어도 되는데……."

　"그, 그렇지만………."

　여 방학이 되기 전의 일인데 기분이 나서 빨리 등교해보니 이치노세는 이미 교실에 있었다. 그 정도로 아침에 부지런한 타입이니 아마 오늘도 사실은 누구보다 빨리 와있었겠지. 그런데 가방을 들고 이런 곳에 있다는 건 상당한 시간 동안 숨어있었던 게 아닐까…….

　"별로 안 이상하다니까. 자신감을 가져."

　"아으으………."

　끌어내니 자신 없는 듯한 목소리가 돌아왔다. 불안하다는 듯이 이쪽을 보는 이치노세의 두 눈이 확실히 보였다. 다시 보고 그저께 본 이치노세의 빨개진 얼굴을 떠올렸다.

곰 선배와 마주친 이튿날, 이치노세는 놀랍게도 미용실에 가서 그 긴 앞머리를 자르고 왔다. 너무 긴장한 나머지 앞머리를 자르고 싶다는 말만 전하고 미용사에게 맡겼다던가. 눈이 보일 뿐만 아니라 이마도 살짝 보이는 서비스 포함. 나이스 미용사님. 이치노세도 용기를 잘 냈네. 칭찬하길 잘했다.

아니, 응, 평범하게 귀여워서 이쪽이 말을 더듬게 된다. 이야기를 들어 보니 초등학교 시절에 이마가 넓어 대머리라는 둥 뭐라는 둥 괴롭힘당한 경험이 있다던가. 앞머리가 길었던 건 그런 이유가 있었던 것 같다. 예상대로였네. 그건 그렇고 자연스럽게 시선만 위로 올려 바라보니 쑥스럽다. 눈높이를 맞추기 위해 살짝 웅크려도 되나요. 그보다 이치노세가 교복을 입은 모습을 보니 새삼 신선한데요.

물어보니 너무 부끄러워서 여기서 날 기다렸다고 한다. 굳이 끌고 가지 않아도 따라와 줄 모양이다. 아르바이트할 때는 당당하게 이마를 드러내놓고 있었는데 뭐가 부끄러운 건지……… 뭐, 일상적으로 얼굴을 마주치는 녀석들만 있으면 그렇게 되려나.

"자, 가자."

"아, 네……."

"난 이제 선배 아니야."

"아, 으, 응……."

아르바이트 마지막 날. 난 어제를 기해서 헌책방의 앞치마를 할아버지에게 반납했다. 한 달 반 정도 알고 지냈는데 얼마나 침울했는지. 사모님께는 답례로 예쁜 앞치마를 받았다. 집에서 써주면 좋겠다고 했다. 다음에 컵라면을 만들 때랑 아이스커피를 만들 때 쓰도록 해야겠다. 내일이면 어머니가 쓰고 있을 것 같지만.

의외로 이치노세가 눈물지었다. 진짜 트라우마다. 말없이 내 팔을 손끝으로 살짝 만지는 거야. 어떻게 하면 좋을지 몰라 무심코 손끝으로 악수했어. 내일 또 보자고 하니 기억해낸 것처럼 미소를 지어줬다. 그 파괴력이란. 할아버지, 지켜주라고…….

이치노세는 아르바이트를 계속하겠다고 선배들에게 선언한 듯하다. 하지만 관계적으로는 어떨까. 선배들을 피하지는 않는 것 같은데, 그럼 다시 그 부드러워 보이는 배를 등받이 삼아 책을 읽는 거냐고 물어보니 거절했다고 말했고. 곰 선배한테 걱정 말라는 말밖에 못 하겠어, 응. 그보다 너희는 이 세상의 어느 남매보다 훨씬 사이좋거든.

그 타이밍에 나는 더 이상 선배가 아니게 되어 말투 같은 걸 지적했더니 망설이면서 수긍했다. 지금은 학교에서 이치노세와 무슨 이야기를 할지 전혀 상상이 안 되지만, 뭐 될 대로 되겠지.

"연다."

"히읔."

"열겠습니다."

교실에 다다라서 문을 열려고 하자 겁먹은 듯한 목소리
가 돌아왔다. 목소리가 너무 가냘파서 나도 모르게 차라리
안 열어도 괜찮지 않을까 하는 생각이 들었다. 그런 보호
본능을 어떻게든 억누르고 눈 딱 감고 열어젖혔다.

"안녕~!"

"아! 안녕~ 사죠찌!"

"안녕."

"여어 아시다, 나츠카와. 안녕."

문을 열면 바로 왼쪽에 내 자리. 그 뒤에는 아시다가 앉
아 있고 그 옆에는 나츠카와가 서 있었다. 우리보다 먼저
와서 이야기하고 있었던 것 같다. 하복…… 나츠카와의 하
복! 아앗……?! 나츠카와가 조금 탔어! 좋아!

─────응……?

"메시지로 대화하면 오랜만이라는 느낌이 없지~……….
어, 어라……?"

"와, 와타루. 걔는……."

"아, 어어, 그러니까…… 좌부동자*."

"아니지?!"

두근두근…… 두근두근…….

────────
*집 안에 있으면서 복을 불러오는 일종의 수호신

문을 열어 긴장이 심해졌는지 이치노세는 내 뒤에 딱 달라붙었다. 딱 달라붙었다는 말은 말이죠………. 그 뭐랄까, 흔히들 말하는 영거리라 불리는 것으로…… 등이 따뜻하달까? 그러니까? 곰 선배가 이치노세와 밀착하고 싶어 하는 마음도 이해가 된달까?

"자, 자자잠깐만, 이치노세."

"어……?! 걔 혹시 이치노세야?! 저 자리에 앉는?!"

아시다가 놀란 얼굴로 외쳤다. 야 좀, 교실에 있는 모두가 이쪽을 봤는데. 그런 일을 당하면 이치노세는 계속 못 나와서 이대로——— 이대로? 호, 호오…… 아니, 뭐 딱히? 이치노세가 싫어한다면 이대로 쭉 있어도 딱히 상관없다고나 할까? 이 따뜻함과 부드러움을 맛보는 것도 나쁘지 않다고 해야 할까?

"자, 잠깐만………."

"어?"

등으로 느껴지는 감촉에 치유 받고 있으니 나츠카와가 부루퉁한 얼굴로 다가왔다.

"그, 그러면 안 돼………."

"아, 어어………."

나와 이치노세 사이에 손을 찔러 넣는 나츠카와. 칠판 쪽으로 천천히 밀어 이치노세에게서 떨어뜨렸다. 그 결과, 이치노세는 그대로 거기에 우뚝 서게 되었다. 흐름에 몸을

맡긴 뒤에 돌아보니, 나츠카와와 이치노세가 무슨 말을 하고 싶은 듯한 눈으로 바라보고 있었다. 이치노세는 도움을 구하고 있구나⋯⋯. 눈으로 전해지는 메시지의 강렬함이란.

"어어?! 이치노세가 앞머리를 잘랐어!"

"아! 진짜다! 귀여워!"

"그러는 게 더 좋네!"

이치노세의 이미지 체인지를 알아차린 여자들의 새된 소리가 터져 나왔다. 시라이와 오카모토도 희색만면하고 달려왔다. 여자는 이럴 때 그룹 같은 건 상관없이 연대감이 생기니까 대단하단 말이지. 내가 머리를 자르고 교실에 들어갔는데 '어, 사죠 머리 잘랐냐?!'라며 일제히 남자 놈들이 달려들면 전속력으로 도망칠 것이다. 아니, 놀라서 다리에 힘이 풀릴지도.

시라이도 오카모토도 이치노세와 마찬가지로 문화계 같다는 느낌이 드니, 친해지지 못할 것도 없다는 느낌이 들었다. 적어도 아르바이트생이라 거역할 수 없는 손님보다는 충분히 이야기가 잘 통할 것이다.

이치노세의 도움을 구하는 듯한 시선. 무리라고. 여자에게 이리저리 치이는 건 제일 손 쓸 수 없는 경우니까. 얌전히 시달리렴. 헤헤헤, 붙었다 떨어졌다 하는 여자는 좋구먼.

헤벌레 웃고 있으니 오른쪽에서 나츠카와의 수상쩍어하

는 시선이.

"………혹시, 아르바이트하는 곳의 아이라는 게."

"아…… 그, 글쎄? 어쩌려나? 사죠는 모르겠어."

나츠카와와 아시다에게는 이치노세에 대해 상당히 많은 말을 한 부분이 있다. 이치노세가 그 '아르바이트하는 곳의 얌전한 아이'라는 걸 들켜서는 안 된다. 설령 들켰다고 해도 얼버무리는 것 이외의 선택지는 없다. 이렇게 귀여운 애를 엎드려 빌게 만들다니…… 만 번 죽어 마땅하잖아.

"아니 그 왜, 난 치매기가 있으니까."

"………."

"……………저기."

이건…… 뛰어내리면 되나?

EX1 ♥♥ 그날을 향해

　여름방학도 종반에 접어드는 시기, 오늘도 오늘대로 내가 쓰고 놀 돈을 벌기 위해 아르바이트에 열중하고 있었다. 새삼스럽지만 동기가 너무 불순해서 웃기다. 오빠와 떨어지기 위해, 자립하기 위해 진지하게 일하는 이치노세의 손톱 때를 달여서 마시고 싶다. (※광기)

　열심히 한 만큼 자신의 알바비로 환원된다고 생각하니 자연스럽게 힘이 들어간다. 그렇게 기합을 넣었지만, 개인이 경영하는 헌책방이 북적이는 건 또 아니었다.

　한가하네, 라고 말하니 이치노세가 반응하기 곤란하다는 눈으로 이쪽을 힐끔 봤다. '그런 말 해도 되는 거야?!'라는 생각을 하고 있을 것 같다. 이치노세가 신나게 떠들면 오히려 귀여워질 것 같다. 일이 익숙해지기 시작했는지, 처음 시작했을 때보다 침착하게 일을 처리하게 되었다.

　그런 생각을 하다가 가게 앞에 누가 있는 기척을 느꼈다. 기척을……… 느낄 수 있다고? 설마 모르는 사이에 특수 능력에 눈을 뜬 건가? 접객을 계속하는 사이에 재능이 개화한 모양이다. 나의 초기 레어도가 ☆1이라고 하면 분명 지금 레어도는 ☆2가 되었을 것이다. 레어도 ☆2라니, 노멀 가챠 캐릭이냐고…….

농담은 제쳐두고, 헌책방은 한산한 곳에 있어서 손님의 발소리가 잘 들린다. 유리 너머를 보며 자세를 잡고 기다리고 있으니 요즘 자주 보는 여대생이 모습을 드러냈다. 레, 레어도 ☆6이라니…….

"안녕하세요!"

"어서 와, 사사키 씨."

　냉정함을 가장하면서 몸을 젖혔다. 어른스러운 얼굴과 키는 언뜻 보기만 해도 여대생. 하지만 뚜껑을 열어보면 사실은 아직 중학생이라는 덫 사냥꾼 같은 사사키 씨는 남자를 유혹하는 풍모를 지녔으면서도 나이에 맞는 미니스커트를 입고 있었다. 갑자기 맨다리를 봐서 동요를 숨길 수 없었다. 난 분명 오늘 죽겠지. 누나, 매일 머리맡에서 저주해줄게.

"이치노세 선배도 안녕하세요!"

"아, 안녕하세요……."

　여대생으로 보이는 만큼 사사키 씨는 그럭저럭 키가 크다. 어떻게 코스프레 하느냐에 따라 초등학생이라 해도 통할 가능성이 있는 이치노세로서는 중학생만큼 활발한 여대생의 인사를 받았을 때의 박력이 분명 굉장했을 것이다. 개인적으로는 이치노세의 시점으로 사사키 씨를 올려다보고 싶고 사사키 씨의 초등학생 코스프레에도 흥미가 있습니다.

"오늘도 도서관에서 공부해?"

"네, 그 전에 두 분과 이야기하고 싶어서요."

"귀엽잖어."

"네……?"

"아냐……."

말이 튀어나와 황급히 얼버무렸다. 귀엽잖어……. 뭐냐고, 이야기하고 싶다니…… 신종 여동생이냐고……. 신종 여동생은 뭐냐.

중학생이라는 걸 알기 전까지 여대생인 줄 알고 이야기해서인지 지금도 마음속 어딘가에 '착한 아이'로 여겨지고 싶은 구석이 있었다. 한편으로는 '어른스러운 고등학생'이라 여겨지고 싶다. 나츠카와를 상대로 체면을 차리는 건 새삼스럽지만, 상대가 나츠카와가 아니게 되자마자 이런단 말이지. 얼마나 존경받고 싶은 거냐고…….

"그러고 보니 사사키 씨는 미시로하마 중학교지. 항상 여기에 오는데, 집이 이쪽이야?"

"음~…… 가운데, 정도일까요. 학구로 보면 아슬아슬하죠. 조금만 더 이쪽으로 쏠렸으면 하마중에 못 들어갔을 거예요."

"미시로하마 중학교는 하마중이라고 줄여 말하는구나……."

코에츠 고등학교가 있는 이 동네와 옆 동네인 미시로하

마시는 내륙과 연안 관계다. 비즈니스 단지가 있는 만큼 이 동네는 도시에 가깝지만, 미시로하마시에 가면 놀랍게 도 자연이 넘치는 시골 마을로 변모한다. 시골이라고 해도 편의점 가는 데 2시간이 걸리는 그런 시골이 아니라, 어린 이를 위한 동물원이나 센트럴 파크를 모방한 광장이나 골 프장 같은 자연을 활용한 관광지가 많은 것으로 알려져 있 다. 바다에 놀러 가고 싶을 때는 거의 미시로하마에 간다.

"나도 어릴 때는 자주 놀러 갔어. 이치노세도 미시로하 마의 바다라던가 가지 않았어?"

"아…… 저, 전, 수영을 못 해서……."

해석이 일치하네요…… 왠지는 모르겠지만 마음속 어딘 가에서 '이치노세는 수영 못 했으면 좋겠다……'며 소원을 빌고 있었다. 손을 끌어주면서 물장구 연습을 시켜주고 싶다. 그리고 지금 놀러 간다고 하면 이치노세는 분명 학 교 수영복을——— 그만하자, 이치노세를 정상적인 눈으 로 못 보게 될 것 같다.

"지금까지는 저도 그쪽에서 놀았지만요……. 전철을 타 게 되고, 책을 읽게 되고 나서는 친구와 놀러 갈 때 이쪽으 로 오게 되었어요……. 어릴 때는 '특별한 외출'을 할 때만 이쪽에 왔지만요."

"아, 난 반대야. 원래 이쪽에 살고 있어서 '특별한 외출' 은 미시로하마 쪽으로 갔지. 어릴 때 근처에 동물원이나

풀밭 스키나 테마파크가 있어서 부러워."

사람에 따라서는 지금도 그렇지만 초등학생의 용돈 같은 건 전철을 타기만 해도 날아가 버리니. 놀러 갈 수 있는 곳은 자전거로 이동할 수 있는 범위 안이었다. 초등학교 6학년 때 친구와 자전거로 미시로하마까지 놀러 갔다가 집에 오니 밤 9시라서 어머니에게 호되게 혼난 기억이 있다. 경찰 부르기 직전이었다던가.

"뭐, 그쪽은 옷이나 액세서리나 미용실 같은 멋 부릴 때 필요한 곳은 적을 것 같으니까."

"──그, 그렇지 않아요!"

"우오……?!"

깔본 건 아니었지만, 아무래서 사사키 씨의 비위에 걸리는 말을 한 것 같다. 외모가 이렇게 여대생 같은 애를 화나게 만드는 건 싫은데. 그것만으로도 상처받을 것 같다. 난 왜 이렇게 금방 일을 저지르는 걸까…….

"미시로하마시는 아이들의 꿈의 마을인 것과 동시에 '장인의 마을'이기도 해요! 전통적인 도기나 자연을 살린 크래프트 샵도 많이 있어요!"

"와…… 관심이 좀 생기는데. 어떤 거야?"

"바닷바람을 맞기 쉬워서 바닷물에 상하지 않는 지혜를 짜낸 패션이 있어요! 일본판 알로하 셔츠라는 것도 있어서 조금 유명해요!"

"와, 잘 아네."

"초등학생 때 지역의 문화 같은 걸 철저히 주입당하니까요……."

"잘 알지."

엄청 그립네……. 그러고 보니 초등학교 때는 국어나 산수뿐만 아니라 수수께끼의 수업도 있었지. 나 때는 '종합'이라는 수업이 있었던가. 뭘 하는지 잘 모르는 수업.

"제가 차고 있는 이것도 작은 조개껍데기를 짜 맞춘 거예요."

"아, 멋지다. 사사키 씨도 그런 걸 하는구나."

"에헤헤. 친구에게 감화되어서 한 거지만요."

손목에 감긴 삼끈으로 작은 조개껍데기 여러 개를 연결한 팔찌. 여름철에 딱 맞는 액세서리다. 남자가 차도 잘 어울릴 것 같다. 단, 미남 한정이다.

"얼마 전에 아버지랑 같이 만들었어요."

"흐음…… 어, 그거 만든 거야? 대단한데?"

그보다 사이좋지 않아? 에, 이 세상의 여중생은 아버지랑 그렇게 사이가 좋은가? 나랑 아버지가 화기애애했던 건 진짜로 어렸을 때의 이야기고, 누나는 초등학생 때부터 아버지랑 빨래를 따로 했다고. 얼마 전까지는 말 걸기만 해도 혀를 찼는데.

"바닷가의 크래프트 샵에서 배우면서 만들었어요. 스스

로 만드니까 그만큼 싸기 때문에 중학생에게 좋아요."

"와…… 아, 정말 흥미가 생기기 시작했어. 뭐라고 하는 가게야? 조사해볼래."

"아, 그러니까 말이죠."

스마트폰을 꺼내 검색 사이트로 연결하니 사사키 씨가 얼굴을 훅 가까이 대고 들여다봤다. 오, 오오…… 뭐랄까, 자연스러운 향기가 난다. 역시 정말로 여대생이 아니구나. 나츠카와도 화장품의 달콤한 냄새가 살짝 나니까. 그렇게 생각하니 사사키 씨는 노메이크업으로 이렇게 말끔하구나. 대단하지 않아?

"아, 이 가게?"

"아! 그거에요! 홈페이지가 있었네요!"

전해져 오는 순진무구한 향기에 가슴이 심하게 두근대는데 그럴듯한 홈페이지가 발견되었다. '바닷가 마을, 미시로하마에서 쉘 크래프트!'를 캐치프레이즈로 삼은 소박한 색조의 홈페이지. 오랫동안 갱신되지 않았는지, 폴더폰 시대의 향이 났다. 역시 시골 마을이구나…….

"주부가 경영하는 개인 경영 가게……."

"사죠 씨 취향이네요."

"엑……?!"

무심코 사사키 씨를 봤다. 엑, 사사키 씨는 내가 주부를 좋아하는 줄 아는 건가? 딱히 유부녀 취향 같은 건 눈곱만

큼도 없는데요! 내 연애 대상은 독신 온리라고! 그보다 그
렇지 않으면 안 되잖아! 고등학생 때 그런 성벽이 있으면
부모가 잘못한 수준이다.

"사죠 씨, 개인이 경영하는 가게 안 좋아하나요?"

"아, 아아…… 그런 뜻이구나."

깜짝 놀랐다……. 갑자기 무슨 말을 하나 싶었다고…….
냉정하게 생각해보면 사사키 씨가 그런 말을 할 리가 없
잖아? 여대생도 아니고. 여대생에 대한 편견이 심한 것일
지도 모르겠다…….

참고로 개인이 경영하는 가게를 좋아하는 건 아르바이
트가 편해서 그런 것이지 그 이외의 부분에 관해서는 그저
그런 느낌. 개인 경영이라도 아르바이트가 엄청 바쁘거나
하면 그건 이미 유명한 가게라고. 그런 곳에서는 절대로
일 안 할 거야…….

"흠…… 정했어. 다음에 여기 가야지."

"어, 가는 건가요?"

"조개껍데기 액세서리 멋지잖아. 그리고……."

"그리고……?"

"……뭐, 내 취향대로 만들 수 있으니까."

오래전부터 마음속에 안개가 낀 것처럼 뚜렷하지 않은
것이 있었다. 그 안개는 사사키 씨의 이야기를 듣고 한 번
에 걷혔다. 올해는 이걸로 결정이네. 나에겐 기성품을 고

르는 센스 같은 건 없으니까.

———나츠카와의 생일 선물.

10월 31일. 할로윈과 같은 날에 맞이하는 나츠카와의 생일. 두 달이나 미래의 이야기지만, 나 정도의 나츠카와 신봉자쯤 되면 작년 11월 1일이 된 순간부터 다음 선물을 생각한다. 하핫, 역겨워라.

냉정하게 생각해보면 두 달 전부터 준비하는 것도 그럭저럭 역겹다는 생각이 살짝 들지만, 그런 역겨움은 나츠카와도 알고 있을 테니까 새삼스럽다. 그리고 직전이 되어 무엇을 할지 생각하는 건 어리석음의 극치다. 그런 건 진짜 사랑이 아니다. 그냥 의무감이다.

나츠카와가 기뻐하는 얼굴이 머리에 떠올라 가슴 속에 불꽃이 지펴졌다.

◆

그로부터 며칠이 지난 날.

옆 동네인 미시로하마시까지 두 정거장. 가까운 것처럼 보였지만 가는 길은 상당히 번잡했다. 정기권을 샀다면 그렇지도 않겠지만, 표를 사서 가는 사람은 요금이 두 배. 한 번 갈아탔을 뿐인데 값이 비싸져 "윽" 하는 소리가 나왔다.

'미시로하마역'에 내리고 심호흡.

"오~, 역시 냄새가 다르네. 바다 냄새가 난다고 해야 할까. 매일 여기에 다니는 것도 좋을 것 같아."

"바람이 센 시기에는 바닷물이 날리니까…… 머리카락 케어가 힘들단 말이죠."

사사키 씨가 요즘 유행하는 밀짚모자를 누르면서 말했다.

바닷가 마을, 미시로하마시——— 바닷가라고 해도 내륙 방면도 관광지로서 번성했으며, 지금 내가 내린 역도 사사키 씨가 다니는 여학교나 동물원이나 테마파크가 있는 방면이다. 치안이 좋다고는 해도 이렇게까지 자연에 둘러싸여 있으니 내가 사는 동네와는 공기의 청량감이 달랐다. 살기만 해도 건강해질 것 같았다.

"정말 따라와도 괜찮아? 수험생이라 중요한 시기일 텐데……."

"이번 주는 이미 40시간 공부했으니까 괜찮아요!"

"……뭐, 여유가 있다는 건 좋은 일인가."

할당량을 딱 정하고 공부하는 건 대단하다고 생각한다. 내가 수험생이었을 때는 놀러 가는 것 자체로 죄악감이 느껴졌으니……. 이런 부분에서 학습지를 계속할 수 있는가 없는가의 명암이 갈리는 거겠지.

감탄하면서 얼마 전에 일어난 일을 떠올렸다.

미시로하마의 크래프트 샵으로 가겠다고 정한 날———
아르바이트 중인 헌책방에서 스마트폰을 보면서 홀로 결

심하고 고개를 드니, 같이 화면을 들여다보고 있던 사사키 씨가 뭔가를 기대하는 듯한 눈으로 가만히 나를 올려다보고 있었다.

'저기…… 사사키 씨?'

'………'

가슴 앞으로 양손을 꼭 쥐고 기분 탓인지 글썽거리는 눈으로 올려다보는 사사키 씨. 내가 물어보니 한 걸음 훅 다가왔다. 평소에 사사키 씨가 어떻게 아빠에게 원하는 것을 조르는지 알 것 같았다. 사사키 씨 같은 아이라도 그런 무기는 가지고 있구나…….

'………같이 갈래?'

'괜찮아요?!' (※호들갑)

이래저래 하여 같이 가게 된 사사키 씨. 그렇게 되면 이치노세에게 말을 걸지 않을 이유는 없었다. 사사키 씨와 단둘이서 가는 것과는 의미가 크게 달라지니, 굳이 말하자면 와줬으면 했다.

'히에…… 에, 에에…………'

사사키 씨가 '같이 가요'라며 폭력적으로 귀여운 목소리로 권유했지만, 이치노세는 그저 당황한 목소리를 낼 뿐이었다. 아무래도 나도 사사키 씨도 호감도가 부족했던 모양이다. 다소는 익숙해졌지만, 난 엎드려 빌게 만들기까지 했으니까……. 호감도 얘기할 상황이 아니잖아…….

그에 비해 사사키 씨는 여학교 출신인 것도 있어서 이성에 대한 경계도가 부족하다는 느낌이 들었다. 분명 머릿속으로는 나와 둘이서 외출하는 것에 특별한 의미 같은 건 안 느끼고 있을 것이고, 게다가 태도가 처음 놀이공원에 가는 아이 같았다.

"그럼 갈까…… 사사키 씨?"

"아, 아뇨……."

역 플랫폼에서 개찰구로 가려고 하자 사사키 씨는 내 뒤에 위치를 잡았다. 무언가로부터 숨으려는 것처럼 느껴지기도 했다. 마음에 걸려 불러보니 부끄러운 듯이 가르쳐줬다.

"그…… 학교가 가까워서. 누가 본다고 생각하면……."

"응?"

그, 그건…… 그건가요? 저랑 같이 있어서 커플로 여겨지는 게 부끄럽다는 그건가요? 2학기가 되어 얼굴만 알고 있는 정도인 반 친구한테 '남자랑 같이 걸어가고 있었지~'라며 놀림당하는 게 싫은 그건가요!

"그, 옷이……."

"옷……?"

사사키 씨와 마주 보고 옷을 봤다. 사사키 씨는 처음 만났을 때와 똑같은 복장이었다. 여전히 중학생이라는 생각이 들지 않는 모습이다. 그뿐만 아니라 몸도 중학생의 몸

같지 않았다. 그냥 모습을 바라보기만 해도 성희롱이 될 것만 같아서 바로 눈을 돌렸다.

패션 체크 시간—— 0.5초.

"……아무 문제도 없는 것 같은데? 여전히 어른스러워."

"! 그, 그런가요?! 아니, 그게 아니라……."

칭찬의 의미로 한 말이었는데 틀린 듯하다. 그게 아니야? 그렇다면 사사키 씨가 숨는 이유는 뭐지……? 혹시 나? 내 옷에 문제가 있는 거야? 솔직히 놀러 가는 감각이 아니라서 그냥 아르바이트에 갈 때랑 똑같은 차림으로 와버렸어……. 냉정하게 생각해보면 위험하지 않아? 어째서 이렇게 예쁜 애랑 걷는데 원 포인트 폴로셔츠를 입고 온 거야……? 네가 배드민턴부의 고문이냐.

"저—— 그러니까, 이런 모습은 사죠 씨를 만나러 가거나 같은 학교 사람을 만나지 않는다는 전제로 하는 건데……."

"그, 그런 거야?"

신분이 중학생이기만 할 뿐이지 일상생활부터 지능지수까지 전부 여대생인 줄 알았다. 뭐, 이해해, **다른 사람을 만나지 않는다는 전제로 하는 모습**이지. 나도 그런 게 있고 나츠카와, 아시다, 이치노세에게도 있을 것이다. 누나에겐 없을 것이다.

……어, 그런 것 치고는 기합을 너무 많이 넣은 거 아냐?

"평소엔 어떤 모습…… 아, 교복인가."

"아뇨, 친구랑 놀 때는 사복인데, 평소에는, 그……."

"응……?"

"그…… 초등학생 때 입던 걸 아직 입고 있는데……."

"응?!"

어, 어어?! '초등학생 때 입던 걸 아직 입어'?!

그건…… 어? 잠깐만. 머리의 정리가 쫓아가지 못한다. 이건 사건입니다. 사건이 발생했습니다. 우선 신변의 안전을 확보하는 것을 최우선적으로 생각하고 담당자의 지시에 따라 침착하게 안전한 곳으로 피난해주십시오. 반복합니다─── 가렵…… 맛있.*

"초등학생 때 입던……… 옷?"

"……네."

나도 모르게 사사키 씨(의 몸)를 보고 말았다. 말끔한 얼굴에 시선을 빼앗기기 쉽지만, 아래로 눈을 돌리니 확실히 중학생다운 딱딱함이 느껴졌다. 다만 날씬한 가운데 확실하게 여성을 상징하는 B와 W가 존재했다. 이 사이 0.2초.

그…… 상상만 해도 가슴이 터질 것만 같달까…… 연령 레이팅이 높은 편이라 해야 할까……. 그보다 사사키 씨가 아니더라도 힘들겠지.

"어, 평소에는 그렇게 친구랑 노는 거야?"

_____

*캡콤사의 게임 바이오하자드에서 입수할 수 있는 문서 중, 사고가 발생한 연구소의 사육사가 바이러스에 감염되어 좀비가 되기까지의 과정을 기록한 사육사의 일기에 나오는 문구. 점점 지능이 퇴화하고 좀비가 되어가는 모습을 보여준다

"네……."

"……뭐라고 안 해? 옷 갈아입는 편이 좋다던가……."

"어?! 어떻게 알았어요? 모두 그렇게 말해요! 왜일까요……? 다들 안 가르쳐준단 말이죠. 최근엔 어머니가 자기 옷을 떠밀고……."

"………."

말하라고……! 부모나 동성이니까 왜 옷을 갈아입는 편이 좋은지 가르쳐주라고……! '사춘기 딸이니까 너무 참견하지 말자'가 아니라고……!

당연하지만 내가 가르쳐줄 수 있을 리가 없다. 또래 이성이 '네 몸은 에로해'라고 가르쳐주는 건 완전 무슨 플레이잖아……. 순식간에 미움받는 미래밖에 보이지 않아.

"예뻐서 마음에 드는데……."

"아니, 뭐……… 집에서 입는 옷으로 쓴다면 괜찮지 않을까? 사사키 씨도 곧 고등학생이니까. 나이에 안 맞는 옷이 안 어울리게 되는 것도 어쩔 수 없지."

"그렇죠……."

조금 시무룩하면서도 내 뒤를 걷는 사사키 씨. 나무 그늘에서 얼굴을 내밀 듯이 내 등에 손을 대고 앞을 보고 있다. 여기서 내가 갑자기 멈추면 어떻게 될까. 틀림없이 사사키 씨의 동체는 내 등에 접촉할 것이다. 단 하나의 행동이 인생을 좌우한다───── 난 수십 년을 거쳐 빚어진 인생의 덧

없음을 근심하여 가만히 역 구내의 형광등을 올려봤다.

"여기서부터는 버스 이동인가. 생각보다 넓구나."

"같은 미시로하마시라도 해안이니까요."

"버스 타는 게 익숙해?"

"버스는 그다지, 일까요. 중학교는 여기서 걸어가니까요. 아버지랑 갔을 때는 차를 타고 갔어요."

"차인가. 여기서 살면 재밌을 것 같아."

도시 쪽은 길이 좁고 교통량도 많아서 그냥 이동 수단으로 쓰려고 해도 스트레스가 쌓일 것 같다. 그 점에서 여기는 길도 넓어서 드라이브에 딱 맞는다는 생각이 들었다. 스트레스가 없는 걸 넘어 상쾌함이 느껴질 것 같다.

버스 정류장에서 잡담하면서 시간을 보냈다. 수험생인 사사키 씨는 공부 화제를 꺼냈다. 이래 봬도 내가 수험생일 적에는 공부를 상당히 해서 조언은 할 수 있다. 문과 타입인지 수학이 약해 역사 같은 암기과목은 잘하는데 수학 공식을 외우는 게 서툴다고 한다. 그래서 수없이 반복해서 머릿속에 어떻게든 집어넣고 있다고 한다.

"왜 기억이 안 나는 걸까요……."

"나도 이해해~."

사실 여기에는 트릭이 있단 말이지. 역사는 수업할 때 배경 이야기까지 들으니 강한 인상을 받기 쉽다. 단어와 함께 이미지도 함께 외우니 암기하기 쉬운 부분이 있다.

그래서 아슬아슬할 때까지 공부 안 해도 된다며 놀다가 직전에 궁지에 몰리는 게 나다.

그렇다면 수학 공식은 어떻게 외우면 되는가. 사사키 씨처럼 반복연습으로 머리에 집어넣는 것도 좋지만, 역사처럼 그 공식의 배경을 알면 좋다. 아무개가 어떤 일을 해서 수학자가 되고 어떤 경위로 이 공식이 탄생했다는 식으로 조사하면 역사의 단어처럼 이미지와 함께 외울 수 있다.

시험 전에 그럴 시간 없다고 생각하지만, 이게 또 무시할 수 없단 말이지. 의욕이 사라지면 결국엔 공부 같은 건 손에 안 잡히고. 그냥 조사해보면 인터넷에 공식의 탄생비화 같은 게 재미있고 우습게 적혀있으니 의외로 도움이 된다.

냉정하게 생각해보면 궁금하단 말이지……. 어떤 인생을 살면 도형의 정리 같은 걸 만들어내자는 생각을 하는 거야……. 위험한 사람이잖아.

"인터넷인가요. 음…….."

"그렇네…… 예를 들면 메넬라오스 정리라던가── 아."

"……."

적당히 검색해서 그럴듯한 사이트를 열려고 하는 사사키 씨. 페이지를 이동하려고 한 순간, 필터링 기능에 의해 막혀버렸다. 어색한 분위기가 우리 사이에 흘렀다.

사사키 씨, 여학교에 다니는 규중처녀였다는 걸 잊고 있었어……. 인터넷에 안 익숙할 것 같은데.

EX2 ♥♥ 백사장을 밟으며

『키타시로하마 해안~, 키타시로하마 해안~.』

덜컹 하고 엔진이 멈추는 소리와 함께 버스가 정지했다. 아쉬움을 느끼면서 사사키 씨 옆에서 일어섰다. 말을 걸 때 살짝 이쪽으로 기울어져 내 오른쪽 어깨에 사사키 씨의 왼손이 살짝 닿는 게 최고였습니다. 얘는 진짜로 남녀공학 고등학교에 가도 괜찮을지 걱정된다.

삑, 하고 IC카드를 대고 버스에서 내렸다. 사사키 씨는 딸그락딸그락하고 동전을 던져 넣었다. 나도 던져 넣어지고 싶다. (※폭발)

"오오오……… 바다다……."

"바다네요~."

사사키 씨가 익숙한 듯이 머리카락을 귀에 걸치고 있었다. 평소 같으면 뚫어지게 쳐다볼 몸짓이지만, 그 이상으로 여름 바다에 시선을 빼앗겼다.

"'미시로하마*'라는 이름 참 잘 지었네. 모래사장이 하얘."

"분명 소금 결정이 다른 곳보다 많이 포함되어 있을 거예요. 입지적으로 동쪽에 높은 산이 있어서 겨울엔 눈이 쌓여 더 하얘진다고 해요."

---

*美白浜, 아름다운 백사장이라는 뜻이다

"보고 싶다는 마음도 들지만, 겨울 바다는 추울 것 같네……."

"그렇네요……."

옆 동네에 이렇게 예쁜 바다가 있는데, 방문한 것은 몇 년 만이었다. 스스로가 생각 이상으로 집돌이였던 것 같아 깜짝 놀랐다. 볼일이 없으면 기본적으로 집에 틀어박혀서 게임을 하니까. 굳이 더운 바깥에 나가려고 안 한단 말이지.

"사람이…… 없네?"

"여긴 수영금지인 것 같네요. 봐요, 저기에."

"여긴 업자용 해안인가."

가까이에 어항 건물이 보였다. 어선이나 양식장 등이 있어 사람이 수영할만한 곳이 아닌 것 같다. 점심때가 지난 무렵에는 일이 없는지 업자 같은 사람도 없어 한산했다.

"아, 혹시 수영복을 입은 예쁜 언니를 찾고 있나요? 안 돼요!"

"아, 아니, 그, 그럴 리가 없잖아?"

너무 오랜만에 온 바다에 압도당하고 있으니 사사키 씨가 재밌어하는 듯한 눈빛으로 그런 말을 했다. 그럴 생각은 없었는데 허를 찔려 나도 모르게 당황하고 말았다.

그…… 뭐랄까. 아마 평소 같으면 좀 더 징그러운 것을 보는 듯한 눈으로 혼났겠지. 사춘기 남자와 접한 적이 없어서인지 사사키 씨의 눈에 남자에 대한 호기심 같은 것이 보였다 말았다 아른거렸다. 눈이 '역시 좋아하는군요! 여자의 몸!'이라고 말하고 있다. 부탁이니까 그만해줬으면 한다. 왠지 이상하게 대미지가 커. 흐극…….

"저기, 여기서부터는…….."

"저쪽이네요. 길 기억하고 있으니까 안내할게요!"

"어, 진짜? 잘 부탁—— 헉."

사사키 씨가 슥 하고 내 오른팔에 팔짱을 꼈다. 한 번 더 말한다. 사사키 씨가, 팔짱을, 꼈다.

움직임이 너무나도 자연스러워서 한순간 전혀 이상하지 않다고 생각해버렸다. 그 직후, 팔꿈치에 전해진 부드러운 감촉에 한 번에 현실로 돌아왔다.

"……저기, 사사키 씨?"

"에……? 앗……! 죄, 죄송해요! 그, 평소에 아버지와 외출할 때의 버릇으로…… 죄송해요."

"아니, 그렇게 사과할 일은 아닌데."

아무래도 이건 이성과의 과잉접촉이라 생각했는지 사사키 씨는 노골적으로 얼굴을 빨갛게 물들이고 부끄러운 듯이 움츠러들었다. 얼굴에 손부채질하기는커녕 양손을 볼에 대고 어쩔 줄 몰라 했다. 얼굴이 뜨겁다는 걸 알았는지 귀에 걸친 머리카락을 일부러 끌러서 귀를 숨기기 시작했다.

아버님…… 어떻게 하면 장래에 당신처럼 될 수 있을까요.

인생을 살면서 처음으로 목표로 삼을 사람이 생긴 것 같습니다. 10대 시절로 돌아가 보고 싶지 않으신가요. 지금이라면 제가 바꿔드리겠습니다.

"……자, 갈까."

"……네."

노골적으로 부끄러워하는 모습을 보이는 사사키 씨를 보고 무심코 놀리고 싶다는 마음이 생겼지만, 연하를 상대로 어른스럽지 못하다고 생각하여 정신을 가다듬기로 했다. 이럴 때 일일이 놀리면 '짜증 나는 선배'가 되겠지. 경원시 당하고 싶지 않으니 가만히 두자.

"어라? 혹시 모래사장 걷는 거야?"

"아…… 그렇네요. 전에도 그랬어요."

해안가의 아스팔트 위를 걷고 있으니 도중에 모래사장으로 분단된 곳으로 접어들었다. 넓은 범위에 걸쳐 길이 하얀 모래에 뒤덮여 있었고 가까이에 있는 주차장마저 모래땅이었다.

"신발 괜찮을 것 같아?"

"통굽이라 괜찮을 거예요."

"천천히 갈까."

"네, 감사합니다. 훗, 훗."

"……."

사사키 씨가 되도록 모래가 적은 곳을 골라 걸었다. 뽕뽕

뛸 때마다 눈을 돌리지 않으면 죄악감이 샘솟을 것 같은 광경이었다. 저기 아버님……? 이럴 때는 어떤 표정을 지으면 되나요?

지금이라면 사사키 씨를 무방비하게 키운 부모님에게 잔소리할 수 있을 것 같았다.

"바다에는 매년 자주 와?"

"네, 작년에도 가족끼리 와서 놀았어요. 올해는 수영을 안 했지만…… 수영복도 사야 하고요."

"수영복이라. 나도 중학교 때 사서 친구들이랑 놀러 갈 때 딱 한 번 입었네."

"전…… 웃, 저도 그런 느낌이에요."

몸에 안 들어가는구나. 그렇게 싫어하지 않아도 괜찮은데. 성장했다는 거잖아. 중학생 때 옷이 안 들어가는 일은 나도 자주 겪었고. 남자 같은 경우에는 어깨 폭이 크게 변하니 말이야. 스타일 좋아 보이려고 딱 맞는 사이즈를 사면 금방 어깨가 끼지.

"오."

"아!"

잡담하면서 걷고 있으니 다시 아스팔트 길로 돌아온 시점에 인파가 약간 있는 거리가 보이기 시작했다. 이대로 쭉 걸으면 수영할 수 있는 모래사장에 도착할 것 같다.

"관광지구나."

"숯불구이의 좋은 냄새가 나요……."

"갈래? 난 갈 수 있어."

"으…… 메밀국수를 많이 먹고 왔어요."

"다음에 가야겠네."

게다가 우리의 목적지는 그렇게 사람이 붐비는 곳이 아니다. 늘어선 가게 중에서 가장 앞쪽 구석에 있는 가게. 겉보기에는 하와이풍이라 멋지다. 모래사장에서 수영하다가 수영복 차림으로 들어올 수 있을 만한 건물이 아니다. 바다의 집과는 영역이 다른 것 같다. 큭…… 그런가…… 그런가…… 수영복.

"주부가 연 개인 경영 크래프트 샵이었지? 왠지 긴장되기 시작했어……."

"제가 전에 와봤으니까 괜찮아요!"

"거리낌 없이 들이대는 타입이면 부탁할게."

목제 문을 여니 딸랑딸랑하고 종이 울렸다. 소리에 위화감을 느껴서 보니, 은색 금속제 풍경이 있었다. 유리와 금속의 중간 같은 고음이 신선하게 느껴졌다.

"오오……."

나도 모르게 감탄의 목소리가 흘러나왔다. 사방팔방에 액세서리용 해산물이 놓여있었다. 벽은 옅은 파란색으로 칠해져 있어 마치 바닷속에서 숨을 쉬는 듯한 기분이 들었다.

입구 바로 앞에는 이미 완성된 액세서리나 인테리어용 작은 병이 늘어서 있었고, 안쪽은 크래프트 코너인지 가로로 긴 책상이 몇 개인가 늘어서 있었다.

손님은 몇 명인가 있지만 전부 누나분들이다. 미니어처한 해산물을 책상 위에 늘어놓고 꺅꺅거리며 뭔가를 만들고 있었다. 뭐야, 남자는 나밖에 없나…… 더 긴장되는데.

"어서 오세요. 어머…… 넌."

"아, 네! 전에도 여기에 왔어요!"

"그렇지. 분명 아버님이랑 왔었지. 나이에 비해 정말 어른스러운 아가씨라서 인상 깊었어."

"에헤헤, 그런가요?"

안쪽에서 나온 사람은 차분한 분위기의 점원 누나. 한눈에 봐도 알 수 있는 '어머어머' 타입이구나. 옅은 핑크색 앞치마에서는 취향이 감돌았다. 젊을 때부터 이런 가게를 경영한다는 것은 아마 진지하게 운영하는 타입이겠지. 월급쟁이 생활에서 벗어나 라멘집을 여는 30대 아저씨와는 차원이 다르다.

"아, 그럼 그쪽 분은…… 어머 남자친구?"

"예?! 그러니까, 저기……!"

꺅~ 하고 감탄하는 느낌으로 누나가 새된 소리를 냈다. 엉뚱한 말을 들은 또 한 명의 누나(사사키 씨)가 당황했다. 뭐야 이거…… 사무직 여성과 여대생의 연애 토크? 부끄러운 것 이전에 이 장소와 안 맞는다는 느낌이 엄청난데.
자신이 터무니없이 꼬맹이처럼 느껴지기 시작했다.

"안녕하세요. 이 아이의 선배예요. 딱히 그런 사이는 아
니에요."

"어머, 그래? 아버님은 다정해 보였는데, 그런 쪽은 엄
격할 것 같지?"

"어, 네……? 그렇게 보였나요?"

사사키 씨는 누나의 말을 이해하지 못한 것 같았다.

아마 이 세상에 딸의 교제에 엄격하지 않은 아버지는
없지 않을까……. 나츠카와와 사귀고 싶다고 생각하긴 했
지만, 나츠카와의 아버지를 만나고 싶다고는 생각하지 않
았으니. 그렇게 귀여운 딸이 있는데 과보호를 하지 않을
리가 없다. 내가 아버지였으면 GPS를 단다.

"천천히 보고 가."

"네~."

"고맙습니다."

……아아. 사사키 씨는 나를 보고 '개인이 경영하는 가게
를 좋아한다'라고 말했는데, 아주 틀린 말은 아닐지도 모
르겠다. 뭐랄까, 이 용건을 물어보지 않는 느낌이 좋구나.
접객 매뉴얼이 없는 듯한 느낌이 좋다. 저 점원이라면 이
세계 전생해도 살아갈 수 있을 것 같다. 아마도.

"……어라, 그러고 보니 주부라고 안 했어?"

"주부 아닌가요? 반지 끼고 있었는데."

"어, 진짜? 전혀 못 알아챘어."

하지만 신기하게도 '그야 그렇겠지'라며 납득했다. 남녀 불문하고 저렇게 항상 미소 짓고 있는 타입은 인기가 많지. 분위기에서 상냥함이 배어 나온다. 같은 반에 저런 사람이 있으면 난리가 날 것 같다.

"잠깐 이 주변을 볼까."

"그럴네요. 와아……!"

바로 앞 책상에 벌여놓은 상품을 봤다. 아니, 작품인가……? 직접 만든 느낌이 나는 물건부터 보석상에서 팔 것 같은 물건까지 있었다. 아까 본 점원이 만든 걸까. 세세하게 장식된 물건은 공이 많이 들어갔는지, 역시 나름대로 값이 나가는 것 같았다. 그래도 고등학생인 내가 살 수 있는 범위 안이다. 학생들 편이구나.

"응? 이쪽은……."

"재료, 같네요."

상품 코너의 한 구석, 거기에는 다른 책상처럼 완성된 소품이나 액세서리가 아니라 그런 물건들의 원료가 되는 조개껍데기와 돌, 작은 병에 채워진 모래가 놓여있었다. 예쁘다고는 할 수 없을지 몰라도 방에 장식하면 나름대로 인테리어가 될 것 같은 물건뿐이다.

"이거……."

"어라, 반으로 잘려있네요."

"그건 진주조개 일부예요."

보고 있으니 아까 전의 점원 누나가 돌아와서 설명해줬다. 이야기를 들어 보니 여기에 있는 재료를 토대로 안쪽의 크래프트 코너에서 가공할 수 있다고 한다. 즐거운 듯이 뭔가를 만들고 있던 누나들은 아까 전과는 전혀 딴판으로 어려운 일을 하듯이 작업에 집중하고 있었다.

"이 해안에서 채집한 건가요?"

"죄송해요……. 재료는 다른 곳에서 들여온 것이 많아요. 액세서리용으로 쓰려면 종류가 한정적이라서……."

"그런가요."

아마도 점원 누나가 말한 이 진주조개는 다른 곳에서 들여온 것 같네. 빛에 반사되는 느낌의 색조를 보면 오키나와, 오키나와가 아니면 다른 아시아 국가 쪽에서 채취할 수 있을 것 같은 색을 지니고 있었다.

"이건 깨진 건가요?"

"아뇨, 가공하기 쉽도록 작게 절단한 거예요."

"절단이요?"

"네. 조개껍데기는 아주 딱딱해서 수작업으로 깎으려고 하면 정말 힘들어요. 사포 같은 걸로는 깎을 수 없는 것도 많아서 다이아몬드가 포함된 줄 같은 것도 준비해뒀어요."

"………."

"사죠 씨……?"

조개껍데기가 딱딱하다는 정보를 듣고 나도 모르게 등에 식은땀이 흘렀다. 내가 생각했던 것보다 일이 커질 것 같은 느낌이 들었다. 가공하는 것도 사포 같은 걸로 가볍게 작업하는 줄 알았다. 수업에서 도장을 만들었을 때는 그런 느낌이었으니까.

"아, 이거……."

"파우아 조개네요. 뉴질랜드에서 들여온 거예요. 짙은 파란색이나 비취색을 좋아하나요?"

"음~, 어려운데…… 좋아하는 정도는 아니지만 싫지는 않은 느낌? 일까요……."

"와, 그거 대단하네요."

사사키 씨가 황홀한 표정으로 내 손을 바라봤다. 사방팔방 어디에서 봐도 반짝이는 모습을 보면 사사키 씨가 예쁘다고 생각하는 것도 이해된다. 빛에 반사됐을 때의 색이 굉장히 강해 액세서리로서의 가치가 굉장히 높다는 걸 잘 알 수 있었다.

"사죠 씨, 어떻게 할래요? 뭔가 만들래요?"

두근거린다는 기색으로 등을 톡톡 두드리는 사사키 씨. 표정에서 '만들고 싶어……!'라는 느낌이 강하게 전해져 왔다. 보디터치 경보! 보디터치 경보! 남성 여러분은 변태라는 걸 들키기 전에 신사인 척을 해주십시오! 흠.

잡념은 제쳐두고, 나도 뭔가 직접 만들고 싶었으니 거절할 이유는 전혀 없었다.

"모처럼이니까 그렇게 하고 싶어. 여기까지 와서 그냥 사서 돌아가는 것도 그렇고."

"아자……!"

나왔습니다, 에어 박수. 기뻐하는 게 기뻐서 나도 무심코 에어 박수를 쳤다. 점원 누나의 미소가 왠지 부끄러웠다.

"사사키 씨는 어떤 걸 만들고 싶어?"

"전에 아버지랑 왔을 때는 작은 조개껍데기를 조합해서 팔찌를 만들었으니까 이번에는 깎거나 해서 예쁜 걸 만들고 싶어요……!"

"어머나………. 하지만 깎는 건 꽤 힘들 건데?"

"예……?! 여, 열심히 할게요! 힘은 자신 있으니까요!"

"그래…… 그럼 괜찮지만."

점원이 걱정스럽게 사사키 씨를 바라봤다. 그에 비해 사사키 씨는 자신 있다는 듯이 대답했다. 이야기를 들어 보면 확실히 힘들 것 같았다. 사사키 씨는 나도 도와주면 괜찮을 것 같은데 다른 누구도 아닌 나 자신이 괜찮을지 모르겠다.

"사죠 씨는 어떤 걸 만들고 싶어요……?"

"아~, 음…… 아직 느낌이 어렴풋하단 말이지………."

"그런가요?"

"그럼 먼저 무엇을 만들지 정하고 하는 편이 좋겠네요. 쪼개거나 깎거나 한 다음이면 돌이킬 수 없어질 가능성도 있으니까."

"그런가요……."

확실히 그 말이 옳다고 생각했다. 딱딱한 재료이니 작게 깎아 낸 뒤에 이거 만들고 싶다, 저거 만들고 싶다고 말하면 재료가 부족해질 것 같다. 꼭 먼저 정해야겠구나.

고민하고 있으니 점원이 내 앞에 와서 안색을 살피듯이 물었다.

"미안해요, 착각이면 미안한데…… 혹시 선물 생각하고 있어?"

"네……?"

"그, 생각하는 모습이 진지해서…… 혹시나 해서……."

"어, 그런가요?!"

점원의 말에 사사키 씨가 눈을 반짝이며 나에게 다가왔다. 세상 물정을 모른다고 해도 여자는 여자, 이런 이야기는 아주 좋아하는 듯하다. 그만해, 나도 모르게 선물할 상대를 사사키 씨로 바꿔버릴 것만 같아. 안 그래도 사사키 씨는 키 때문에 나랑 얼굴의 거리가 가까우니까.

뭔가 분한 느낌이 들었지만, 점원의 말은 정곡이었다. 사사키 씨에게는 미안하지만 다른 여자에게 줄 선물을 생각하고 있다. 남녀 둘이서 데이트 비슷한 것을 해놓고 뻔뻔한 이야기지만. 뭐, 사사키 씨는 그런 생각으로 같이 온 게 아닌 것 같으니, 딱히 상관없나.

"뭐…… 네. 그렇죠. 이번에 아는 사람이 생일이라."

"이성?"

"여자인가요?!"

"진정해주시겠사와요?"

둘이서 입을 모아 물어봤다. 점원도 침착한 것처럼 보였지만 잡아먹을 듯한 기세였다. 나도 모르게 누님 말투가 돼버렸다고……. 진짜 좋아하는구나, 이런 이야기…….

"저기, 그러니까, 액세서리라고 해야 하나……. 예쁜 장식? 을 뭔가 손수 만들면 좋겠다 싶어서……."

"응 응, 그렇지. 남자네."

"남자군요!"

점원에게 편승해서 사사키 씨도 이해했다는 듯이 말했다. 뭐야 '남자'라니…… 선물에 남녀가 상관이 있어? 뭐, 확실히 여자가 남자에게 생일에 액세서리를 선물한다는 건 별로 생각할 수 없지만.

"만든다면 여기에 있는 재료를 써서 가공해서 만들게 될 거야. 일단 안쪽에 재료방도 있으니까 그 안에서 고를 수도 있어."

"흠……."

책상 위에 있는 재료를 봤다. 딱히 미리 상상해두진 않아서 형태나 색을 보고 판단하고 싶다.

유심히 보고 있으니 사사키 씨가 "앗" 하는 소리를 내고 하나를 집었다.

"작은 연분홍색 고둥! 귀여워요……."

"어린 콩크조개네. 인도에서 들여온 거야."

"전 이걸로 할게요!"

사사키 씨는 핑크색인가…… 좋다. 누나다운 풍모를 지닌 사사키 씨가 소녀다운 색의 액세서리를 한 모습을 생각하면 그것만으로도 호감이 간다. 그게 없어도 호감이 간다.

"핑크라……."

나츠카와로 상상해봤다. 어느 날의 학교, 넥타이를 느슨하게 매고 첫 번째 단추를 연 나츠카와의 목으로 엿보이는 핑크색 액세서—— 위위위…… 위험하다, 흥분할 것 같다. 액세서리 이전에 넥타이를 느슨하게 매고 첫 번째 단추를 연 것만으로도 이미 위험하다. 망상이 이미 나츠카와의 목을 들여다보고 있으니 말이야. 거기에 핑크색이라니, 더는 못 버틴다. 내가 죽는다.

음~…… 어울리지만, 나츠카와의 이미지에는 좀 안 어울리려나. 성격과 헤어스타일은 착실, 거기에 머리카락 색이 밝아 살짝 개구쟁이처럼 보일지도 모르는 외모가 매치되어 좋은 느낌으로 나츠카와의 장점을 돋보이게 할 수 있지만, 거기에 핑크가 들어가면 조금 천박한 쪽으로 기울어질지도 모른다. 좀 더 뭐랄까…… 나츠카와의 모든 것을 조화시킬 수 있는 것이 좋겠는데.

"음~…… 그렇네. 죄송한데 아까 전의 초록색…… 파우아 조개(?)의 껍데기보다 옅은 색을 내는 건 있나요?"

"그렇다면, 연두색 이미지?"

"그렇네요."

"음…… 형태가 중요하기도 하니까 역시 어떤 걸 만드는지 가르쳐줄 수 있을까?"

"윽……."

잠시 생각한다. 나츠카와에게 줄 선물이니 가능한 한 어울리는 것을 선물하고 싶다. 하지만 내 센스에 자신이 있는 게 아니니까…… 정말로 이걸로 괜찮을까…….

기다려라, 나. 냉정하게 생각하는 거다. 그 시절의 나와 지금의 나는 다르다. 객관적인 시점 따위는 떨쳐내고 내가 나츠카와에게 어울린다고 생각하는 걸 주면 된다. 그렇게 해서 나츠카와가 마음에 들어 하지 않는다고 해도 그걸로 좋다. 나츠카와에게 선물을 할 수 있다. 그 사실만이 중요하니까.

"그렇네요…… 사실은……."

EX3 ♥ ♥ 마음, 전해지지 않는다 하더라도

"————흥그그그그그극……!!"

고정해준 조개껍데기 일부에 찔러 넣은 엄청 얇은 톱. 그냥 톱이 아니다. 다이아몬드 조각이 섞인 특수금속이라 절대로 부러지지 않는다는 우수한 톱이다. 그런데 사용자가 뛰어나지 않기 때문인지 땅을 전력으로 밟고 이를 꽉 깨무는 사태가 벌어졌다.

"미안해요. 가공이 끝난 재료가 없어서……."

"헤엑, 헤엑…… 아뇨, 제가 고집을 부렸으니까요……."

연녹색 조개껍데기는 무사히 찾았다. 이제 만들기만 하면 된다고 생각했지만, 튀어나온 것은 완전 무가공에 소독만 된 전복 껍데기였다. 안쪽의 색감은 그야말로 이상대로였다. 이거다! 라고 생각해서 가벼운 마음으로 작업에 임했지만, 내 작업 공정 수는 사사키 씨와는 차원이 달랐다.

"힘내라, 힘내라."

"우오오오오오오옷……!!"

옆의 나무 의자에 앉아 내 얼굴을 들여다보는 사사키 씨가 작게 손뼉을 치면서 응원해줬다. 뭐지……? 신기하게 순식간에 힘이 솟아나는데……? 이게 여대생의 힘인가……! 장난 아니구먼, 여대생!

그런 사사키 씨의 목에는 작은 연분홍색 고둥이 빛나고 있었다. 빙글빙글 말린 곳의 끝부분—— 각정(殻頂) 부분을 둥글게 깎고 거기에 체인을 통과시킬 수 있는 금색 캡을 씌워 똑같은 색의 알루미늄 체인을 달면 세련된 목걸이가 완성된다. 그 시간은 단 한 시간. 간단했다.

금색은 너무 화려하지 않나? 둘이서 그렇게 생각했지만, 고둥의 미니어처한 느낌과 사사키 씨의 어른스러움이 어우러져 고상함을 돋보이게 했다. 조심스럽게 말하는데 제 엄마가 되어주세요.

"어, 어렵네요⋯⋯."

"해주겠어⋯⋯."

"오오⋯⋯ 사죠 씨가 불타고 있어요⋯⋯!"

그에 비해 난 먼저 전복 껍데기 절단부터 해야 했다. 점원이 전동 그라인더를 써서 알맞은 크기로 절단해준 것까지는 좋았다. 그러나 거기서부터 지옥이 시작됐다. 재료가 작은 데다가 세부 가공인 것도 있어서 전동 톱을 쓸 수 없었다. 드릴로 구멍을 송송 뚫어 얇은 톱을 통과시킬 수 있을 정도의 틈을 만들고 거기서 내가 그린 가이드라인을 따라 쓱싹쓱싹 양팔을 열심히 움직이는 수밖에 없었다.

"조개껍데기는 딱딱하네요⋯⋯?!"

"맞아. 얇은 조개껍데기라면 쉽게 절단할 수 있지만, 네가 말한 걸 만들려면 그다지 과감한 시도는 할 수 없어⋯⋯."

"예입, 그렇군요!"

설마 작업량이 이렇게 많을 줄은 생각지도 못했다. 사사키 씨를 기다리게 만들어버린 게 미안하다. 한마디 사과를 하니 "아뇨, 재밌으니까 괜찮아요!"라며 기쁜 말을 해주었다. 뭐지? 벌써 좋은 부인이 될 수 있을 것 같은데. 웨딩드레스 어울릴 것 같은데.

"그, 힘내."

"옙!"

여기엔 다른 손님도 있다. 점원도 나만 봐주고 있을 수는 없다. 한마디 하고는 아까와는 다른 손님을 맞으러 갔다. 여긴 나한테 맡기고 먼저 가⋯⋯!(※사망 플래그)

"⋯⋯저기, 사죠 씨."

"으응⋯⋯?!"

내 손을 바라보던 사사키 씨. 갑자기 생각하는 기색을 보이더니 나를 올려다보고 불쑥 말을 걸어왔다. 힘을 주고 있어서 대답을 세게 해버렸다. 사사키 씨는 딱히 신경 안 쓰는 듯했다.

"제가 사죠 씨와 만난 지 얼마 안 됐을 때⋯⋯ 좋아하는 사람이 있다고 했잖아요. 혹시 그 이번에 생일인 사람이⋯⋯."

"⋯⋯."

이대로 대화하면 어조가 강해질 것 같다. 사사키 씨에게 대답할 수 있도록 손과 팔은 움직이면서 힘을 조금 뺐다.

선물을 줄 이성의 상대——— 아무래도 사사키 씨는 다 알고 있었던 모양이다. 전에 아주 조금 얘기했을 뿐인데 잘 기억하고 있다고 생각했다.

"……용케도 알아냈네."

"그렇지만, 그렇지 않으면 이렇게까지……."

"뭐, 그렇지."

짐작한 대로라고 대답하니 사사키 씨는 어딘가 슬픈 듯이 나를 바라봤다. 그 모습이 이상해 나도 모르게 손을 멈추고 물어보고 말았다.

"응? 왜 그래?"

"그렇지만 사죠 씨, 그 사람은 이미 포기했다고 말했잖아요."

"아아…… 뭐, 그렇지."

"이젠 사귀고 싶다는 생각은 안 하고 있죠……? 그런데 왜……."

사사키 씨는 어딘지 납득이 안 된다는 듯한 표정을 지었다. 이미 포기한 사람을 위해 이렇게까지 노력하는 이유가 이해가 안 되는 모양이다. 뭐, 나도 솔직히 이렇게까지 할 필요가 있나 싶은 생각이 들고 있지만, '나츠카와를 위해서'라고 생각하면 힘낼 수 있단 말이지.

"사사키 씨도 사랑을 하면 알게 될 거야."

"제, 제가…… 사랑을…… 말인가요?"

입을 꼭 다문 사사키 씨는 볼을 발갛게 확 물들이고 침묵했다. 아아…… 그런 부분은 아직 여중생이구나. 순진하다고 해야 할까. '사랑'이라는 단어만으로도 부끄러워하다니, 귀엽잖아.

흐뭇하게 보고 있으니 사사키 씨는 약간 진지한 얼굴로 나를 올려다봤다.

"———저기…… '사랑'은 어떤 걸까요?!"

"에엑……?!"

엄청난 걸 질문했다?!

어, '사랑'이 뭐냐니……. 내가 알고 싶을 정도인데. 계속 답을 찾아다닌 지 벌써 2년 째라고……. 아직 답을 못 찾았는데 너무 철학적이지 않아? 뭐냐고 물어봐도 대답할 수가 없어…….

그럭저럭 소리가 컸기 때문인지 가까이에서 작업하던 누나 손님들이 깜짝 놀란 얼굴로 이쪽을 봤다. 이번엔 내가 얼굴을 빨갛게 물들일 차례였다.

"아니 그…… 무슨 일이야?"

"으으…… 아뇨…… 언젠가, 저도 하게 될까 하는 생각이 들어서…….."

사랑 말이지. 어디까지나 사랑 말이지. 사랑 너머의 구체적인 내용이 아니라고. 진정해라, 나…… 여기서 흥분하는 건 이상하다. 콧김을 진정시켜라. 차라리 손을 움직여라.

"뭘까…… 내 경우를 말하자면 그렇게 행복한 건 아냐."

"에엣! 그런가요?!"

"좋아하는데 안 사귀고 있고. 짝사랑인 그대로니까."

"아…… 그렇죠."

"하지만 그 사람을 포기했다고 해서 사랑 자체가 끝난 건 아니야. 설령 고백했다가 차였다고 하더라도 그 사람에 대한 연심이 사라지는 건 아니거든."

나츠카와를 사랑하고, 차이고, 더 이상 접근하는 일은 없을지도 몰라도. 그렇다고 해서 아무것도 얻지 못한 2년 반은 아니었다. 공부도 잘할 수 있게 되었고 나츠카와를 사랑하지 않았다면 '자기계발'이라며 아르바이트를 하는 일도 없었을 것이다.

"이건 자기만족이야. 생일은 그 사람에게 선물을 줄 수 있는 구실이지. 그렇게 해서 뭐, 그 사람이 웃어준다면 좋은 거야."

"사죠 씨……."

"그럴 거면 사랑을 안 하는 편이 좋다고 생각할지도 몰라. 하지만 그 사랑이 없었다면 이렇게 사사키 씨와 둘이서 여기에 올 일도 없었을 거야. 괴로운 일만 있는 건 아냐. 이 사랑이 없었다면 난 분명 더 유치한 그대로 있었을 거야."

"그런가요……."

자조하면서 말하니 사사키 씨는 앞을 바라보며 뭔가 생

각하기 시작했다. 앞으로 다가올 수험과 그 앞에서 기다리고 있는 청춘에 대해 생각하고 있을 것이다. 나도 그랬다. 고등학교 입학 이후에 대해 강한 동경과 기대를 안고 있었던 것 같다.

그런 사사키 씨를 보니 흐뭇해져 가만히 두기로 했다.

◆

약간 노래진 하늘. 정신을 차리고 보니 적절한 시간이었다. 좋은 곳의 아가씨인 사사키 씨를 언제까지고 데리고 다닐 수는 없었다.

"사죠 씨의 것은 완성하지 못했네요…….."

"또 몇 번이고 와서 이어서 만들 거야. 그리고 사사키 씨는 좋은 거 만들었잖아."

"아, 네…….."

사사키 씨는 생각해낸 듯이 자신의 목걸이를 들었다. 괜찮은 느낌으로 햇빛을 맞아 반짝이는 연분홍색 빛을 뿜고 있었다. 그 덕분인지 사사키 씨 자체도 어딘지 요염하게 느껴졌다. 누가 나를 때려주세요.

나츠카와의 생일 선물은 완성하지 못했다. 아무래도 시간이 너무 부족했다. 완성하려면 앞으로 두세 번 정도는 더 와야 할 것이다. 뭐, 나츠카와의 생일까지는 아직 시간이 있으니까 괜찮겠지.

"그렇지…… 사사키 씨랑 또 여기에 온다면 내년 봄 이후이려나. 그때는 사사키 씨한테도 선물해줄게."

"정말요?! 약속이에요!"

"안 잊을게."

사사키 씨가 후배라니, 너무 최고 아냐? 무조건 입학 선물을 할 것이다. 이런 걸로 좋아해 준다면 몇 번이든 다녀주지. 뭣하면 최고급 방범 버저를 선물해줄게.

"………."

"………."

해가 기울어 약간 시원해진 모래사장 길을 걸었다. 신기하게도 서로 말이 없는 채로 계속 걷기만 했다. 마치 놀이공원에서 돌아갈 때처럼 가슴속에는 적적함이 남아 있었다. 또 이런 날이 왔으면 좋겠다는, 그런 기대가 더더욱 지금을 곱씹게 만드는 것이리라.

"……저도 사랑, 하게 될까요."

"어?"

"뭔가…… 조금 무서워서………."

"───앗핫핫."

"저기요! 그 메마른 웃음은 뭐예요! 어린이를 보는 눈으로 보지 마세요!"

무심코 웃음을 터뜨리니 사사키 씨는 잔뜩 골을 내기 시

작했다. 무의식중에 절로 미소가 지어지는 것을 보는 눈을
하고 있었던 모양이다.

아주 약간 사랑을 경험한 것에 우월감을 느꼈다. 사랑을
두려워하는 사사키 씨가 너무 귀엽게 느껴졌기 때문이다.
나에게 있어서 그것은 요점을 벗어난 발언에 불과했다.

"전부 변할 거야. 아마 무서워할 여유도 없을걸."

"으…… 그런가요?"

"기대해. 그 정도가 딱 좋아."

"으~, 다 안다고…… 여유 부리고 있어요!"

"타이밍을 신경 쓰는 것만큼 쓸데없는 일은 없어. 준비
할 건 아무것도 없어."

나츠카와를 생각하면 옆에 있는 사사키 씨의 존재가 옅
어진다. 사랑은 때때로 잔혹해서 경험한 적 없는 사람에게
그 괴로움을 전하는 건 너무나도 어려웠다. 하지만 지금
와서 생각해보면 그때 느낀 충격도 슬픔도, 다 지나가면
현재의 나를 만드는 큰 경험이라고 단언할 수 있다.

"———어쩌면……."

"……응?"

쿡쿡 웃고는 올려다보는 사사키 씨. 평소라면 어른스러
워 보이는 미소도 지금은 순진한 소녀처럼 느껴졌다. 남풍
으로 볼에 달라붙는 머리카락이 성가셔 보였다. 빨리 집으
로 돌려보내 줘야 한다는 책임감이 샘솟았다.

"———아."

입가를 향해 나부끼는 머리카락을 살짝 귀에 걸쳐줬다.

후기

여러분, 고생 많습니다. 오케마루입니다.

'꿈꾸는 남자는 현실주의자4'는 어땠나요. 이번 표지는 이 작품의 지켜주고 싶은 캐릭터 No.1 이치노세였습니다. 그런 아이가 열심히 일하는 모습, 좋네요!

늦었지만 4권까지 사주셔서 감사합니다. 커버의 프로필 코멘트에서도 말했지만, 정신 차리고 보니 이 작품은 서적화뿐만 아니라 만화판이라는 형태로도 여러분에게 전하게 되어 관련된 관계자가 다시 조금 늘어나 한층 더 긴장되네요. 독자 여러분의 목소리가 가장 잘 전달되는 '소설가가 되자', 그리고 트위터 등에서 응원하는 목소리와 지금 이상의 약진을 바라는 목소리에 격려를 받는 나날을 보내고 있습니다.

현재의 심경을 말하자면, 자신이 작가로서 생활하고 있다는 실감은 별로 안 나네요. 정말 순식간에 4권째라는 이미지에요. 처음부터 인터넷 소설을 옮겨서 출판하는 것이니까 다음 권을 내기 위해 처음부터 집필하는 건 신작 숏스토리 정도라서 실제로 그런 걸지도 모릅니다.

인터넷 소설을 계속 쓰다 보면 여러 작가님의 소감을 보게 됩니다. 보면 투고 사이트에서 랭킹 상위를 노리는 작가님이나 그 연장선에 있는 작가 데뷔를 꿈꾸는 작가님, 그러한 것들을 실현하기 위해 작가님들끼리 의견을 나누고 어떻게 하면 높은 곳을 지향할 수 있는지 이야기하는 등, 상당한 열정을 가진 분이 많은 것처럼 느껴집니다. 제가 집필활동을 시작했을 때는 한창 사춘기인 10대 중반이었고, 인터넷 소설 투고를 마음속 어디선가 '음지에 사는 사람들의 취미'라고 계속 생각하면서도 많은 응원을 받는 쾌감을 잊지 못하고 지금까지 와서 현재에 이르고 있습니다.

까다로운 나이대에 시작하고 고독한 집필 습관이 뿌리 박혀버린 탓인지 제게는 '작가 동료'라 할 만한 존재는 없습니다. 때문에 다른 분들의 치열하기 짝이 없는 고생과 경력, 작가가 되기까지의 여정을 곁눈질로 보면서 '처녀작인데도 4권이나 낸 것은 운이 좋은 것이다'라고 생각했지만, 냉정하게 생각해보면 전 아마추어로서의 활동을 포함하면 이제 10년이 된단 말이죠……. 그렇게 생각하면 저에겐 은근히 적당한 '밑바닥 시절'이라는 게 있지 않았나 싶습니다. 10년을 걸려 간신히 소설가 데뷔…… 그렇게 생각하면 꽤나 순당하네요. 그 과정을 고생이라 느끼지 않고 지금까지 해올 수 있었다는 건 역시 전 문자를 늘어놓고 문장을 구상한다는 퍼즐 같은 작업을 좋아하는 걸지도 모르겠습니다.

거창한 이야기이긴 한데, 일본의 서브컬쳐 문화는 해마다 열기를 더해가고 있다고 생각합니다. 애니메이션이나 만화가 그 필두로 최전선을 나아가고 있고, 다음으로 게임과 라이트노벨, 그 뒤를 인터넷 소설이 밀어주고 있어서 가능성은 무한히 커진다는 예감을 느끼지 않을 수 없습니다.

어렵다고 생각하는 점은 작가 측이 그 파도를 잘못 타면 누군가의 흉내가 되고 만다는 점입니다. 어느 업계든 그렇지만, 모두가 하나의 파도의 덕을 보고 상승 경향이었던 인플레이션이 그때부터 바로 제자리걸음을 걷게 되는 건 슬픈 일이라고 생각합니다. 아직 몇 권밖에 안 낸 제가 이야기하기에는 송구한 이야기지만요.

지금 소설가가 되기 위해 집필활동을 계속하시는 분이 계실 겁니다. 그런 분들은 아무쪼록 '눈에 띄는 파도는 단순한 발판'이라 생각해주셨으면 합니다. 처음엔 그 파도를 타더라도 다음엔 꼭 '자신만의 발상'을 지향해주셨으면 합니다. 애초에 그게 없는 사람은 소설가여도 진정한 크리에이터가 아니라고 생각하니까요.

음양이 갈리는 이 세상의 사람들 모두가 무시할 수 없는 컨텐츠로 '이 시대에 라이트노벨이 있다'며 들이밀기 위해서는 개개인이 불꽃을 빠직빠직 튀기고 열의를 폭발시켜 계속 눈에 띄는 것이 제일이라고 생각합니다. 보조를 맞출 필요는 없다고 생각합니다.

　　이 작품의 캐릭터가, 전개가, 말 한마디 한마디가 앞으로 소설가로서 인생을 살아나갈 누군가의 한 요소가 되도록 앞으로도 노력해 나가겠습니다. 물론 몇 개월에 한 번의 즐거움으로서 즐겨주시는 분들을 위해서도 더 재밌는 작품이 되도록 정진해 가겠습니다. 앞으로도 부디 '꿈꾸는 남자는 현실주의자'를 잘 부탁드립니다.

　　오케마루였습니다.

YUMEMIRU DANSHI HA GENJITSUSYUGISYA 4
©Okemaru
Originally published in Japan in 2021 by HOBBY JAPAN CO., Ltd.
Korean translation rights ©2021 by Somy Media, Inc.

꿈꾸는 남자는 현실주의자 4

2021년 9월 15일 1판 1쇄 발행

저   자 오케마루
일 러 스 트 사바미조레
옮 긴 이 박정철
발 행 인 유재옥
본 부 장 조병권
편 집 1 팀 박서연 이준환
편 집 2 팀 박치우 정영길 조찬희 조현진
편 집 3 팀 곽혜민 오준영 이해빈
라이츠담당 한주원
디 지 털 김지연 박상섭 이성호 최서윤
미   술 김보라 서정원
발 행 처 ㈜소미미디어
인쇄제작처 코리아피엔피
등   록 제2015-000008호
주   소 서울시 마포구 토정로222, 403호 (신수동, 한국출판콘텐츠센터)
판   매 ㈜소미미디어
마 케 팅 최정연 한민지
전   화 (02)567-3388, Fax (02)322-7665

ISBN 979-11-384-0232-3 04830
ISBN 979-11-6611-402-1 (세트)